이다혜
밥벌이 생존 전략으로서의 여행의 효용에 대해
자주 생각한다. 창의적으로 삶의 전환점을 만드는 데
여행을 활용해 왔다. 영화전문지 『씨네21』 기자이자
작가. 『내일을 위한 내 일』, 『출근길의 주문』, 『조식:
아침을 먹다가 생각한 것들』, 『코넌 도일』 등을 썼다.

여행의 말들

여행의 말들

일상을 다시 발명하는 법

이다혜 지음

들어가는 말
여행합니다, 매일을 갱신합니다

살아 있구나. 여행을 하면서 내가 찾는 경험은 '살아 있구나'라는 실감이다. 그게 전부다. 일상이 싫고 여행이 좋아서 여행지에서 진정한 자유를 찾는다는 뜻이 아니다. 아니라고!

인생을 바꾸기 위해 떠나는 사람도 있겠지만 나는 아니다. 나의 진짜 영혼은 인도 바라나시가 아니라 우리 집에 있고 내 몸에 깃들어 있다. 매일을 잘사는 것이 내 최고의 목표다. 먹고 자고 일하고 어울리는 것이 매일의 과제다. 나 자신을 잘 돌보고 가능하면 더 많은 사람에게 즐거움과 가치를 행할 수 있기를 바란다. 대단한 목표는 아니지만 이상하게도 지키기가 어렵다. 하기 싫은 일을 하고, 싫은 사람을 참아 내고, 좋아하는 사람을 내 잘못으로 실망시킨다. 나쁜 의도는 없었지만 매일이 쌓여 조금씩 나빠지다, 어느 아침에 일어나면 처음의 의지는 흔적도 없다. 잃어버린 (생의) 의지를 찾아서. 그런 날 여행을 마음먹는다.

삶은 해야 하는 일로 가득 차 있다. 하고 싶은지 여부를 매 순간 자신에게 물으며 한 발씩 걷다가는 하루도 못 살고 지쳐 나가

떨어질 것이다. 그렇게 쳇바퀴를 돌다 보면 쳇바퀴 바깥에 뭐가 있는지 상상하는 법을 잊어버린다. 그 감각을 되살리는 일이 내게는 여행이다. 필연적으로, 무엇을 하기 위해서라기보다는 무엇도 하지 않기 위해 떠난다. 나는 무엇을 잃어버렸는지 정확히 알지 못하기 때문이다.

물론 보통의 이유로도 여행한다. 다만 고정된 형태로 여행하지 않을 뿐이다. 사진으로만 보던 멋진 풍경을 내 눈으로 보고 싶다. 가족과 즐거운 시간을 보내고 싶다. 내가 좋아하는 곳을 친구와 공유하고 싶다. 어떤 날은 기네스 기록을 목표로 한 사람처럼 여행하고, 또 어떤 날은 공원에서 멍 때리며 시간을 보낸다. 온갖 고생을 마다하지 않고 낯선 장소를 찾아다니고, 아는 장소를 찾아가 전에 몰랐던 멋을 발견하려 노력한다. 마음먹은 대로 술술 풀리는 때가 있고, 날씨부터 숙소까지 마음에 차는 것이 하나 없을 때도 있다. 나는 새로 적응하는 법을 배우고 주어진 상황을 좋아하는 법을 배운다. 사진을 수천 장 찍는가 하면 오직 머릿속에만 남기는 날도 있다. 여행을 좋아하는 사람은 대체로 이와 비슷할 것이다. 무슨 일이 벌어질지 나도 모른다. 그래서 떠나고 싶어진다. 예측하기 어려운 상황을 잔뜩 만들고 싶어서.

잘된 여행은 어떤 것일까. 나는 분명한 기준이 있다. 살아 있다는 느낌을 얻는다는 말은 내가 어떤 사람이고 무엇을 원하는지 알아낸다는 뜻이다. 매일의 먼지에 파묻힌 좋음에 대한 감각을 잘 깨우면 마무리할 즈음에는 하고 싶은 일이 생긴다. 쓰고 싶은 글이 떠오른다. 사람들과 어떻게 지내고 싶은지에 대해 마모된 감정이 생기를 얻는다. 해 질 녘 강가에 서 있다가, 시원한 바람을 맞으며 걷다가, 불꽃놀이를 보다가, 소풍 가는 아이들을 보다가, 식사를 하다가 갑자기 새로운 아이디어가 떠오른다. 머릿속에 소화가 잘된 듯 개운한 느낌이 들어차고, 뭐든 할 수 있을 듯한 건강한 희망이 생긴다. 이렇게 여행이 훌륭하게 마무리되고 일상에서 그 모든 것을 실행할 수 있었다면 나는 아주 훌륭한 사람이 되었겠지. 보통 집에 돌아오는 차편에서 다음 주 일정표를 확인하는 순간 태반은 일상의 자리로 돌아가고 먼지를 곧장 뒤집어쓴다. 그래도 최소한 멀리 볼 수 있는 시야는 확보할 수 있다.

잘 비우기 위해 여행 중에는 몸을 피곤하게, 머리를 게으르게 유지한다. 집에 있을 때와는 정반대다. 깊이 생각하는 습관을 내려놓으려고 부단히 노력한다. 대체로 처음 며칠은 '끝내고 왔어야 했는데 끝내지 못한 일'을 후회하며 보낸다. 그러다 다음 날 뭘 할지로 생각이 옮겨 가고, 매일 소소한 계획(아무것도 하지 않는다는 계획도 엄연히 계획이다)을 세운다. 지도를 보고, 찾아갈 장소를 검색하고, 동선을 짜고, 맥주를 마시고 목욕을 한다. 깊은 잠을 잔다. '하고 싶다'는 마음 없이는 밥 한 끼도 서두르며 때우지 않는다. 신기하게도 그러다 보면 지루함이 찾아온다. 나를 아는 사람이 없는 곳에서, 내가 의도하지 않으면 아무것도 하지 않아도 되는 시간 속에서. 자유와 게으름을 누리다 보니 그것이 더 이상 진귀하게 여겨지지 않는 셈이다.

일행이 있을 때는 상대에게 포커스를 맞춘다. 무엇을 함께 보고 경험할지에 대한 고민은 장소가 아니라 사람에 대한 것으로 바뀐다. 이 장소는 이 사람으로 남는다. 그런 생각으로 여행지를 정하고 계획을 짠다. 맛집에 1시간 동안 줄을 서기도, 박물관을 둘러보느라 식사를 건너뛰기도 한다. 낮은 각자 보내고 저녁은 느긋하게 함께 먹으며 서로 좋아하는 것과 앞으로 하고 싶은 것에 대해 이야기한다. 과거에 대해 털어놓기도 하고 비밀을 나누기도 한다. 스타일이 달라 당연히 불만이 생기기도 하지만, 그것조차 여행이 주는 재미의 일부다. 다른 사람의 취향과 성정에 집중하며 보내는 시간 역시 여행이 아니면 얻기 어려우니까.

그래서 여행 막바지에는 늘 계획을 세운다. 특히 다음 여행에 대해서. 멀리까지 보는 시야를 놓지 않기 위한 계획도 세운다. 계획을 세워야지만 떠날 마음을 먹는 것도 아닌데, 여행을 잘하고 나면 쌓여 있던 것들이 천천히 쓸려 나가고 원래 내 안에 있던 것들이 무럭무럭 커서 그 자리를 채운다. 이것이 나의 '살아 있다'는 감각이다. 내가 누구인지, 뭘 원하는지, 아무도 묻지 않지만 나는 늘 알고 싶었던 것들을 찾아간다. 다른 사람의 평가와 무관하게 내 기준을 충족시키는 법을 고민한다. 관계를 끊거나 시작하거나, 일을 그만두거나 시작하거나. 명료하게 집중해 생각하는 일 역시 여행지에서는 한결 쉬워진다. 손에 쥔 것을 놓는 일이 새로 쥐는 일보다 선행되어야 한다. 놓고 버리고 끊는 결정은 여행 중에 판가름이 나곤 한다.

잘 살고 싶을 때 여행을 간다. 여행지에서 잘 살고 돌아오면 더 잘 살고 싶다. 잘되는 일보다 안 풀리는 일이 더 많지만 함부로 주저앉기는 싫으니까. 비가 오는 날은 일정을 바꿔 실내에 머문다. 비가 오는 날은 인적이 드물 테니 평소 같으면 인파가 몰리는 곳에 일부러 간다. 비가 오는 날은 마음에 드는 우산을 사러 간다. 비가 오는 날은 저녁에 따뜻한 국물을 먹고 목욕을 한다. 빠듯한 예산으로 여행했던 언젠가의 도쿄. 폭우가 쏟아지는데 저녁거리를 사러 모르는 길을 겨우겨우 찾아갔다 비에 쫄딱 젖은 채 숙소로 돌아와 옷과 신발을 말리며 덜덜 떨었던 날은 지금도 종종 끄집어내 추억하는 웃음 버튼이 되었다. 내리는 비를 영원히 피할 순 없다. 그렇다면 할 수 있는 걸 가능한 한 재미있게 해보자. 이상한 일도 시간이 지나면 추억이 되기도 하니까. 무언가를 무릅쓰고 기꺼이 나에게 충실한 시간을 보내는 경험을 위해. 나는 여행보다 더 좋은 일을 아직 알지 못한다.

2021년 6월

이다혜

정상을 향한 마음만으로는
산에 오를 수 없다.

001

장보영, 『아무튼, 산』
(코난북스, 2020)

처음에는 정상만 보인다. 여러 개의 봉우리가 보이고, 그 봉우리에 나보다 먼저 오른 사람이 보이고, 내 앞에서 쉬지 않고 정상으로 오르는 사람이 보인다. 여행에 처음 빠져들 때도 나는 마치 경주하듯 생각했다. 더 부지런히 한 곳이라도 더 가야 한다고 혹은 남들이 잘 안 가는 곳에 먼저 다녀와야 한다고 생각했다. 정말 정상만 보였다. 주변을 둘러보라는 말이 들리지 않았다. 경쟁하는 마음으로 가득했던 것은 어쩌면 체력 때문인지도 모른다. 웬만해서는 지치지 않아서, 언제나 지쳐 나가떨어질 때까지 덤볐다. 무엇에든.

결과적으로 나는 누가 뭐래든 여행을 무척 좋아하는 사람이 되었다. 이제 나에게 정상은 모든 곳에 있다. 모르는 동네에서 약속이 있을 때 시간이 남으면 여기저기 기웃거리는 일, 제주나 부산이나 전주로 여행을 가면 언젠가 이주할지도 모른다는 마음으로 동네 부동산 시세를 흘끗거리는 일, 항공권 가격을 하릴없이 검색하는 일, 숙소를 하염없이 구경하는 일, 서울 시내 고궁에 꽃이 피는 날짜를 알아보는 일, 나아가 '어디'보다 중요한 '누구'(동행)를 만들어 가는 일. 여행에 관해서라면 나는 이제 외부 조건이나 타인과 비교하지 않는다. 목표는 정상에 있는 게 아니라 길 위에 있다. 그리고 바라기는, 부디 가능한 오래 두 발로 여행할 수 있도록 건강하기를.

베네치아는 하루 이틀쯤 보내기에 그다지 나쁜 곳은 아니었다。 짧게 예정된 출장이라 되도록 가볍게 짐을 꾸린다고 했지만、 어쩌다 보니 모든 사태에 대비할 수 있을 정도가 되었다。 바지、 드레스、 스커트、 셔츠、 스웨터、 열두어 권의 책。 베네치아 지도와 근방 지도들、 철도와 공항 시간표、 추위에 대비한 외투、 비에 대비한 비옷。 산책을 위한 부츠、 만일에 대비한 정장 구두、 종이 패드 몇 개와 경찰 업무용 파일 몇 개、 수건、 드레싱 가운、 장갑、 비상용 손전등까지。

002

이언 피어스, 『티치아노 미스터리』
(오숙은 옮김, 서해문집, 2008)

여행은 짐 싸기로 시작해 짐 풀기로 끝난다. 처음 혼자 여행을 갔을 때는 거의 살림살이를 다 짊어지고 가는 수준이었다. 모든 주머니를 가득 채우고서야 출발했다. 하지만 이제는 오히려 짐 싸기에 무관심한 편인데, 지리산 종주나 히말라야 등반이 아니라면(둘 다 가 본 적 없지만) 특히 도시 여행이라면 세계 어딜 가도 현지에서 필요한 물건을 구할 수 있음을 알기 때문이다. 집에서 나갈 때 마지막으로 체크하는 짐은 지갑과 여권 정도다.

언젠가 일행이 공항 검색대에 걸려 짐을 전부 풀어야 했던 일이 있다. 문제가 된 물건은 집에서 사용하는 대용량 페브리즈였다. 가족 여행을 떠나던 일가족 중 할아버지가 공항 검색대에 걸린 상황을 본 적도 있다. 상자도 뜯지 않은 새 치약 다섯 개가 문제였던 것이다. '혹시 모르니까' 하는 마음이 공항 검색대 앞 긴 줄을 만드는 광경은 낯설지 않다. 게다가 사람마다 짐을 싸는 패턴이 다르고 유달리 고집하는 특징적인 물건이 있다. 환갑이 넘은 부모님과 하는 여행에선 부모님의 약봉지 한 무더기, 아기가 함께하는 여행에선 접이식 유모차. 여성 여행자에게선 생리대를 빼놓고 말할 수 없을 테다.

론 하워드 감독이 연출한 다큐멘터리 『파바로티』를 보면 테너 루치아노 파바로티는 공연을 위해 항상 여행을 다녀야 했는데, 그때마다 식재료를 잊지 않고 챙겼다고 한다. 온갖 파스타 재료며 치즈를 가지고 공연 여행을 다녔단다. 임시 숙소에서 집처럼 지내는 방법이 요리하기였다고. 부엌이 딸린 주택을 빌리는 경우가 아니고서야 일반적인 숙소에서 불을 쓰는 요리는 불가능하지만, 그래도 컵라면 정도는 챙길 만하다. 아, 그런데 전기포트에 속옷을 끓여서 빠는 사람들이 있다지. 어서 휴대용 전기포트를 사러 가야겠다.

우리는 낯선 사람들이
재채기를 해대는
호텔에서 묵는다。

데이비드 콰먼,
『인수공통 모든 전염병의 열쇠』
(강병철 옮김, 꿈꿀자유, 2020)

003

이 원고는 해외여행이 자유롭던 시기에 시작해 체감상 해외여행이 불가능해진 시기까지 쓰고 있다. 코로나19와 관련해 『인수공통 모든 전염병의 열쇠』와 『28』을 함께 읽고 원고를 작성하다, 멀리 떠났다 돌아오는 현대식 장거리 비행기 여행이 끝난 뒤 하루 이틀 가볍게 앓던 일이 단순한 피로 때문이 아닐 수 있다는 데까지 생각이 미쳤다. 사실은 내가 면역이 없는 바이러스에 감염되었던 건 아니었을까. 건강했기 때문에 별 탈 없이 낫는 과정에서 몸살을 앓은 것은 아니었을까 생각하게 되었다. 데이비드 콰멘은 바이러스를 의인화해 “사스가 비행기에 몸을 실었다”, “녀석(사스)은 비행기 타기를 좋아한다”는 표현을 썼는데, 코로나19로 이런 비유가 틀린 말은 아니라는 사실을 알고 나니 미래의 여행이 어떻게 변할까 근심하게 된다. 언젠가는 이전보다 더 성대한 이동의 시대가 오리라 생각한다. 스페인독감 이후에 인류는 더욱더 먼 곳까지 이동하며 살아왔으니, 시간은 걸려도 결국 더 많이 이동하겠지.

하지만 팬데믹을 정통으로 경험한 세대가 세상을 인지하는 방식은 완전히 달라지리라. 그리고 여행 방식도. 이 책을 쓰는 동안 나는 여행하는 방식을 바꾸었고, 독서는 더 즐거운 여행의 체험을 제공하게 되었다. 장소보다 ‘보는 눈’을 키우는 여행 패턴. 방 안에 앉아서 화성보다 먼 곳까지 여행하는 책 읽기의 기쁨.

부모와 함께 사는 한(그것은
아마도 하층 세계에 소속된다는
기준이 될 것이다)
〈우리 집보다는 호텔이 더
아름답다〉는 생각이 들었다.

아니 에르노, 『부끄러움』
(이재룡 옮김, 비채, 2019)

004

아니 에르노는 여행 중 아버지에 대해 박한 평을 했다. 성당과 성을 방문할 때면 항상 뒤처져서 마치 나를 즐겁게 해 주기 위해 따라왔다 고역을 치르는 사람처럼 보였다고. 일행을 이끌어야 하는 사람은 여행 중에 생기는 '변수'를 피곤해한다. 여행을 즐기는 사람은 변수가 피곤을 야기한다는 사실은 인정하지만, 바로 그 예측 불가능성이 여행의 재미라고 믿는다. 나는 후자다. 고생조차도 내가 죽거나 다치지 않는다는 가정하에서는 여행의 중대한 즐거움으로 남는다는 쪽이다.

그리고 나는 아니 에르노처럼 '우리 집보다는 호텔이 더 아름답다'는 쪽이었다. 친구들의 아이를 보면서 세상의 모든 아이들이 호텔을 좋아한다는 사실을 알았다. 내가 어렸을 때는 '호캉스'라는 것이 없었고, 가족이 여행을 갈 때도 드물게 좋은 호텔에 하루 이틀 머물기 위해 나머지 일정은 모텔에서 온 가족이 복닥거리며 지내야 했다. 어릴 적 부엌 뒷벽에 이층침대를 놓고 동생과 자야 했던 우리 집보다는 당연히 호텔이 더 좋았다. 호텔 밖으로 나가기 싫을 정도로.

그런데 좋은 집에 사는 친구들의 아이도 전부 호텔을 좋아한다는 것이다. 여행을 가려고 짐을 싸면 "호텔에 가?"라며 방방 뛴다고. 이유가 뭘까? 집에서와 달리 엄마가 살림을 하지 않기 때문은 아닐까? 엄마가 자기와 함께 느긋하게 놀며 쉬기 때문이 아닐까? 뛰어도 혼나지 않고, 낯선 공간이지만 가족끼리만 있기 때문이 아닐까? 다섯 살 때를 기억하지 못하는 나는 친구들의 아이가 호텔이라는 말에 갈매기 소리를 내지르면서 신나게 뛰어다니는 모습을 보며 생각한다. 지금 나에게 저렇게 기쁨을 주는 것이 있나. 사실 여행이 그렇다. 내 돈 내고 내가 사는 즐거움.

도시의 침묵보다는
바다의 속삭임이 좋아요。

005

최성원,「제주도의 푸른 밤」

나는 도시의 침묵을 좋아한다. 도시는 좀처럼 침묵하지 않기 때문이다. 설이나 추석 당일 오전, 서울 도심(특히 사무실이 많은 광화문, 여의도, 삼성동)은 믿을 수 없을 정도로 고요하고 아름답다. 하지만 바다의 속삭임, 그러니까 밤바다의 파도 소리를 듣고 있으면 왜 '물귀신'이라는 말이 있는지 알 것 같다. 물가에 있으면 물이 끌어당기는 듯한 기분이 드는 것이다. 그럼에도 '물에서 부른다'는 이야기를 들을 때마다 나는 이상하다고 생각했다. 단순히 물이 위험할 리 없다고. 혼자서 물가에 하염없이 앉아 있는 이유가 그 사람에겐 있었을 거라고.

밤바다는 극장 같다. 사위가 어둡다. 나는 스크린을 바라보고 있다. 내가 선 쪽으로 파도가 흰 포말을 일으키며 빠르게 다가오고, 부서지고, 파도 소리가 들린다. 이것이 무한 반복된다.

"제주도 푸른 밤 그 별 아래"라는 노랫말을 처음 들었을 때 막무가내로 당장 제주도에 가고 싶어 잠을 이루지 못했다(원래 무엇에든 유난한 사람). 제주도의 푸른 밤은 상상으로도 아름답지만 실제로도 나를 실망시킨 적이 단 한 번도 없다. 종달리의 밤은 유난히 푸르다. 거기에는 그냥 밤이 있고 바다가 있다. 그리고 나는 제주도 사람이 아니라서, 일상에서 풀려난 기분을 한껏 느낄 수 있다. 이것은 멋진 일이다. 가사에서 가장 멋진 부분은 "신혼부부 밀려와 똑같은 사진 찍기 구경하며"다. 나도 흔한 관광객이고, 관광객 포즈로 기념사진을 찍어 본다. 바다가 신기하고, 바다가 보이는 창문이 신기하다. 그 신기해하는 감정이 나에게 남아 있다는 걸 확인하기 위해 짐을 싼다.

아직 건너보지 못한 교각들
아직 던져보지 못한 돌멩이들

006

이근화, 「나는 내 인생이 마음에 들어」,
『우리들의 진화』(문학과지성사, 2009)

소리를 내어 좋아하는 시의 제목을 읽어 본다. "나는 내 인생이 마음에 들어." 이 말은 어쩐지 약간의 용기를 필요로 한다. 나는 내 인생이 마음에 들어. 문장의 마침표가 내 귀에 들어오기도 전에 이렇게 말해도 되는 걸까 근심에 잠긴다. 나는 아직, 그렇지만 나는, 나는 사실, 내가 내 인생을 좋아할 수 있을까에 대한 답을 찾지 못했다.

가끔은 여기가 끝이라는 생각에서 벗어날 수가 없다.

그럴 때면 이 시를 생각한다. 나에게는 아직 건너 보지 못한 교각이 있고, 던져 보지 못한 돌멩이들이 있다. 이 시에는 이런 문장도 있다. "텅 빈 미소와 다정한 주름이 상관하는 내 인생!" 느낌표가 있다. 이 느낌표가 나는 사랑스럽다.

나를 기다리는 열차표를 상상하곤 한다. 내가 도착하기를 기다리며 느리게 녹고 있을 빙하와 지구 온난화로 수위가 높아지는 와중에도 아직은 건재한 몰디브의 푸른 바다도. 나에겐 아직 가고 싶은 곳이 있다. 이 기분을 확인하는 일이 오늘의 인사.

항공권 가격을 검색한다. 휴가 일정을 잡아 본다. 아직은 여행을 할 만큼 건강하고 가고 싶을 만큼 의욕적이라면, 나는 내 인생이 마음에 든다고 말할 수 있다. 여행을 좋아하는 사람으로 산다는 건 이런 뜻이다. 내일을 기약하는 법을 다음 여행으로 말하기. 어쩌면 아직 건너 보지 못한 교각은 영원히 건너 보지 못한 채로 남으리라. 아직 던져 보지 못한 돌멩이들은 그 자리에 그대로 머물리라. 그래도 괜찮다. 나는 내 인생이 마음에 든다. 누군가가 그 다리를 건너고 돌멩이를 던지겠지. 누군가가 원하는 일을 하는 세상에 나도 속해 있다면 그것으로 충분하다.

어딘가에서 힘껏 돌멩이를 던지는 소리가 들린다.

오로지 책에서만 보는
사물들을 보았다。

007

패티 스미스, 『몰입』
(김선형 옮김, 마음산책, 2018)

여행지에서 즐기는 공상. 여기에 50년 전에 왔다면. 100년 전에 왔다면. 200년 전에 왔다면. 분명 그렇게 오래전에도 아주 먼 곳까지 떠났던 여행자들이 있었으리라.

마카오 공원에 김대건 신부 동상이 있다. 마카오 여행을 다룬 국내서에서 김대건 신부는 빠지지 않는 이름이다. 1821년생인 김대건은 1836년 11월 26일에 조선을 떠나 만주와 요동을 거쳐 1837년 6월 7일 목적지인 마카오에 도착했다. 그곳에서 라틴어와 프랑스어, 신학과 철학 등을 배웠고 1844년 사제 서품을 받았으며 1846년 스물다섯 살 나이에 순교했다.

지금도 마카오를 방문하면 포르투갈에 온 듯한 타일 장식이며 파사드만 남은 성당의 잔해가 신기한데, 1837년에 반년 넘게 배를 타고 마카오에 도착한 사람에게 이 모든 광경은 얼마나 놀라웠을까. 패티 스미스의 『몰입』에서 "책에서만 보는 사물들"이라는 표현을 읽고 두근거렸던 이유는 모든 게 낯설던 시절의 경이가 떠올라서였다.

처음 오스트레일리아에 갔을 때는 가이드북으로 읽은 게 전부여서 매 순간이 신기했다. 시드니 오페라하우스. 로열 보태닉 가든. 그 모든 것에는 냄새가 있었고, 때로 햇살에 반짝이거나 빗속에 젖어 있었다.

책에서 본 것 같다는 감상이 지금도 유효할까? 동생 부부는 신혼여행으로 뉴욕에 다녀와서 '영화에서 본 것처럼' 하수구에서 증기가 올라오더라고 했다. 간접경험했던 것을 직접경험했다는 뜻으로, 한때는 책이나 온갖 인쇄물이 간접경험의 유일한 통로였다면 이제는 사진에 이어 영상이 그 자리를 채우고 있다. 심지어 직접경험보다 간접경험이 유쾌하고 만족스러울 때도 있다. 간접경험에는 돈이 거의 들지 않으니까.

매번 다른 도전자들이、
이를테면 시애틀과 포틀랜드와
샌프란시스코 같은
도전자들이 여럿 등장해
각기 다른 매력을 어필하면서
방콕을 위협하지만、 방콕은
절대 호락호락하지 않다。

008

김병운, 『아무튼, 방콕』
(제철소, 2018)

여행을 좋아하는 사람에게는 제2의 고향 같은 곳이 있기 마련이다. 유람을 좋아하는 사람은 어느 도시에서든 그 장소의 매력을 능숙하게 발견해 낸다(바람둥이!). 어디든 다 좋아할 수 있다. 그렇지만 유난히 자주 방문하는 도시가 있다면, 방문 빈도나 횟수가 제2의 고향을 정하는 기준이라면 약간은 복잡한 마음이 든다. 『아무튼, 방콕』의 저자 김병운의 말처럼 '자주 방문', '여러 번 방문'에는 그럴 만한 사정이 있으니까. 대체로 '가성비'와 관련이 있다. 가성비는 단순히 '가장 싸다'는 말이 아니다. 가격 대비 효용이 높다는 말이다.

나에게 가성비 갑인 도시는 교토, 후쿠오카, 홍콩이다. 항공권을 20만 원 안팎의 가격으로 구할 수 있고, 저렴한 숙소를 알고, 적당한 가격에 혼자 방문할 수 있어 좋아하는 식당 리스트가 아주 길다. 쇼핑으로 따져도 손색이 없다. 나는 회사원이라 주말에 하루 이틀 휴가를 더해 여행을 짧게 가니 비행시간이 짧고 시차가 가능한 한 없어야 한다.

방콕은 미슐랭 노점의 천국이다. 방콕 길거리에서 바나나로띠를 사 먹는 순간만큼 뭔가를 먹으면서 즉각적인 즐거움을 느끼는 때가 얼마나 있을까. 더운 날씨를 싫어하는 나지만, 방콕이나 치앙마이의 더운 밤은 좋아한다. 해가 없는 가운데 뜨뜻한 습기가 몸을 감싸는 인상을. 6시간이나 비행기를 타야 하는 곳만 아니라면 나 역시 더 자주 방문했겠지.

여행을 좋아하는 사람에게는 제2의 고향 같은 곳이 있기 마련이다. 애호와 더불어 가성비의 문제. 당신에게 그런 도시는 어디인가.

어제까지 바다에 있었는데、
지금은 도쿄에 있다는 것、
집에 덩굴송치가 있다는 것、
그걸 딴 사람은 나라는 것……
전부 꿈만 같았다。
그러나、아주 좋은 꿈이었다。

009

요시모토 바나나, 『매일이, 여행』
(김난주 옮김, 민음사, 2017)

꿈만 같다. 오늘은 여기 있지만 내일은 그곳에 있을 것이다. 오늘은 여기 있지만 어제는 저기에 있었다. 갑자기 나는 한국어가 한마디도 들리지 않는 곳을 하루 종일 걸어 다니는 사람이 됐다. 있는 장소가 바뀌면 나도 바뀌는 기분. 그러니 집에 돌아오면 모든 게 없던 일이 되는 기분.

처음 혼자 여행을 다니기 시작했을 때는 그런 '꿈같은 기분'에 취해 있었다. 여행지에서는 어떤 계획이든 세울 수 있었다. 정말 새로운 사람이 된 듯 먼 곳까지 바라보며 비관을 그만둘 수 있었다. 할 수 있다, 하면 된다는 생각이 마음속에 가득 차서 신용카드도 시원시원하게 써 버리고. 이제 새로 태어날 거니까, 나는!

내게 여행이란 상자 밖에서 보는 법을 배우는 일이기에 제자리에서 뱅뱅 돈다는 느낌, 그것이 현실의 전부라는 생각에서 벗어날 수 없을 때 더 적극적으로 여행을 가려고 노력한다. 문제는 제자리로 돌아오는 순간 늘 마법이 풀린다는 것. 공항에 도착하는 순간, 터미널에서 내리는 순간, 집의 현관문을 여는 순간 끝난다.

어떻게 하면 마법을 이어 갈 수 있을까. 여행의 마법은 신용카드 명세서만 기억한다. 허리띠 풀고 카드를 긁은 기록이 거기 있다. 꿈에서 깨지 않고 그 꿈을 일상에서도 꿀 수 있는 방법은 무엇일까.

마시는 곳에 왔으니
마시는 게 나의 할 일이었다.
당연한 사실에서 내가
갖춰야 할 태도를 배웠다.

임진아, 『아직, 도쿄』
(위즈덤하우스, 2019)

010

"마시는 곳에 왔으니 마시는 게 나의 할 일이었다"는 단순한 문장에 여행의 기술이 들어 있다. 집에서는 마음이 급하다. 이 일 다음에 또 뭔가를 해야 한다. 밥을 먹는 동안 넷플릭스 다큐를 짬짬이 본다. 이동할 때는 오디오북이나 팟캐스트를 듣는다. 한 손에는 늘 핸드폰을 들고 흘끗거린다. 한 가지 일도 제대로 못하면서 이것저것 동시에 하려고 든다. 하지만 여행 중에는 한 번에 한 가지만. 마시는 곳에서는 마시는 일에만 집중한다.

여행지에서는 시간을 단순하게 구성하려고 노력한다. 나이가 들면서 더욱 그렇게 되었다. 놓치는 게 없을까 싶어 여행지에서 스마트폰을 쥐고 이것저것 찾아보는 대신 그곳에 간 이유에 충실하려 노력한다. 베를린에서는 미술관과 박물관을 실컷 돌아다녔다. 그것으로 족했다. 부산에서는 떡볶이를 실컷 먹었다. 부산 떡볶이는 서울 떡볶이랑 다르다는 사실을 아는지? 소스가 지옥불같이 붉지만 매운맛이 강하지는 않다. 아무튼 떡볶이를 먹으러 간 여행이니 곳곳을 돌아다니며 떡볶이만 먹었다. 그거면 됐지. 쉬러 간 여행에서는 쉬면 된다.

여행지에서 사진을 많이 찍지만 실시간으로 SNS에 올리지는 않는다. 여행할 때는 가능하면 여행하는 기분에 충실하고 싶고, 그 기분을 유지하며 '좋아요'가 늘어나는 것에 내 즐거움이 좌우되지 않도록 하기 위해서다. 같은 이유로 여행을 다녀온 사실을 가족 말고는 잘 알리지 않는다. 나는 알려진 것보다 더 즐겁게 사는 사람이다.

나는 문방구를 나올 때면
매번 한국에 있는 보고 싶은
사람들의 이름을 생각한다。
그리고 자연스럽게 그들에게
쓸 편지를 어떤 문장으로
시작할지 고민하며 집으로
돌아온다。

011

문경연,『나의 문구 여행기』
(뜨인돌, 2020)

나에게는 카드를 모아 둔 쇼핑백이 하나 있다. 여행지에서 문구점에 들를 때마다 마음에 드는 카드를 사서 모아 둔 것이다. 한겨울 눈밭을 뛰노는 여우 그림, 크리스마스에 대한 우스운 문구, 당신이 얼마나 멋진 사람인지 상찬하는 문장이 적힌 카드 등. 선물을 할 때, 연말연시에, 누군가의 생일에 쇼핑백의 카드를 전부 꺼내 알맞은 것을 골라 보낸다. 가끔은 아까워서 못 보내겠다는 생각이 들기도 한다. 언제 다시 갈지 기약이 없는 도시에서 사 온 카드라면 더욱 그렇다. 그럴수록 써야지! 내 진심을 전달하는 거다. "영국에서 최초로 시작되어 1년에 한 바퀴 돌면서 받는 사람에게 행운을 주고 지금은 당신에게로 옮겨진 이 편지는 나흘 안에 당신 곁을 떠나야 합니다……"

가끔은 친구가 여행 중에 보낸 엽서를 받는 날도 있다. 내가 쓴 여행 에세이를 재미있게 읽은 분들이 여행지에서 산 기념엽서에 짧은 여행기를 적어 주시기도 한다. 여행지에서 들뜬 기분으로 고른 엽서에는 그 도시를 대표하는 풍경 사진 위에 이탤릭체로 커다랗게 도시 이름이 적혀 있다. 그것은 인증이다. '기념품'이라는 장르의 규칙에 충실한 엽서에 그리움을 담아 보낸다. 문구점이나 기념품 가게에서의 쇼핑은 큰돈을 들이지 않으면서 '추억'을 담아내는 기초적인 기능을 충실히 수행한다. 답장은 하지 말아요. 나는 내일이면 이 도시를 떠날 예정이랍니다. 집에 도착해서 다시 연락할게요. 여행지에서 '문득' 생각나 적은 엽서는 누구에게서 받아도 설렌다. '문득' 이런 수고를 들일 만큼 좋은 기억의 한편에 제가 있나요, 그렇다면 진심으로 기쁜 일입니다. 오늘 또 한 번 당신을 생각했어요.

그리고 나는 깨달았다。
지금이 내 인생에서 가장
행복한 순간이라는 것을。

숫뚜, 『낯선 일상을 찾아, 틈만 나면 걸었다』
(상상출판, 2020)

012

여행 중 뜻밖의 순간에 행복감이 나를 압도할 때가 있다. 신기하게도 별것 하지 않고 있을 때 그렇다. 그런 순간은 사전에 계획할 수가 없다. 예를 들어 이런 때다.

오클랜드에서 폭우가 쏟아진 날 홀딱 젖어 횡단보도에서 신호를 기다리는데 순간 비가 그치더니 길 건너에 무지개가 떴을 때. 화창한 날 잔디밭에 앉아 있는데 스프링클러가 돌아가면서 물방울이 반짝이며 사방으로 튀는 모습을 봤을 때. 우비 차림으로 비를 쫄딱 맞으면서 불꽃놀이를 보며 도시락으로 싸 간 고등어 초밥을 남김없이 먹었을 때. 처음 보는 브랜드숍에 들어가 충동적으로 산 옷을 숙소에 와서 다시 입어 봤는데 몹시 마음에 들 때. 호텔 조식을 먹는 대신 방에서 에어컨을 세게 틀어 놓고 솜이불을 덮은 채로 책을 읽을 때. 하루 종일 걸은 뒤 숙소에서 욕조에 뜨거운 물을 받아 몸을 담그고 차가운 맥주를 마실 때. 짐을 잔뜩 메고 땀을 뻘뻘 흘리며 숲길을 걷는데 어디선가 시원한 바람이 불어올 때. 짐을 풀자마자 좋아하는 식당에 가서 매번 시키는 메뉴를 주문했는데 역시나 기억하는 그 맛일 때. 눈이 잔뜩 내린 다음 날 방문한 절 경내가 쥐죽은 듯 고요하고 나 혼자 있을 때—쓰고 보니 무섭지만 실제로는 녹은 눈이 나무에서 떨어지는 소리와 풍경 소리가 어우러져 청각적으로 아름다운 순간이었다.

남들보다 자주 떠나기도 하고
한번 가면 꽤 오래 머물기 때문에
돈도 사리고 몸도 사린다。

013

신예희,『돈지랄의 기쁨과 슬픔』
(드렁큰에디터, 2020)

신예희 작가는 나만큼 여행을 자주 가는 사람인 듯하다. 다만 한 번 떠나면 나보다 더 오랫동안 여행지에 머무는 스타일이다. 프리랜서이기에 가능하다고 생각할지 모르지만, 사실 언제 무슨 일이 들어올지 모르는 프리랜서가 장기 여행을 떠난다는 말인즉 그가 그만큼 삶의 '장기 계획'을 세우는 데 능한 베테랑이라는 뜻이다. 신예희 작가와 나는 선호하는 여행지(그는 동남아, 나는 일본과 중국)나 여행 기간(그는 장기, 나는 단기) 등은 차이가 있으나 결정적인 공통점이 있으니, 바로 노화다!

신예희 작가가 이십 대 때와 달리 돈도 사리고 몸도 사리는 여행을 할 때 결정적 지출 품목은 바로 숙소다. 나도 정확히 같다. 이십 대에는 8인 혼성 도미토리룸(세면대와 화장실 2층, 샤워실 지하 1층, 샤워실 문은 잠기지 않음)에서 자는 일이 아무렇지 않았는데, 10여 년 전부터는 '방 안에 욕실이 있어야 한다'는 숙소 정책을 자체적으로 실시 중이다. 돈을 많이 쓰면 당연히 좋은 곳에 머물 수 있다. 하지만 한정된 돈으로 자주 여행하는 사람은 경험을 바탕으로 "돈도 사리고 몸도 사린다"는 비현실적 소망을 달성하는 두뇌가 발달한다. 현지에 사람이 몰리는 시기 파악하기, 자주 다니는 동네까지 직통열차가 있는 20분 내외의 부도심에 숙소 구하기, 작지만 갖출 건 다 갖춘 숙소 목록 알아 두기. 이런 '촉'은 경험으로 발달하는 여섯 번째 감각이다. 내가 아는 백은하 배우연구소 소장은 에어비앤비에서 아름다운 숙소 찾기의 달인이다. 그래서 언젠가 그 비법을 물은 적이 있다. 같은 도시에서 저는 왜 '후진' 숙소밖에 찾지 못할까요? 백은하 소장의 답인즉 오랫동안 집요하게 검색한다고. 여행의 신 두 분의 말을 믿고 오늘도 검색한다. 검색, 또 검색합시다. 아멘.

가자、파리로。살러 가지 말고
죽으러 가자。나를 죽인 곳은
파리다。나를 정말 여성으로
만들어 준 곳도 파리다。나는
파리 가 죽으련다。찾을 것도、
만날 것도、얻을 것도 없다。
돌아올 것도 없다。영구히 가자。
과거와 현재가 텅 빈 나는
미래로 나가자。

나혜석,『조선 여성 첫 세계 일주기』
(가갸날, 2018)

014

1927년 한 달여간 시베리아 횡단 열차를 탄 나혜석은 파리에 1년 2개월 동안 머물면서 유럽을 여행했다. 대서양을 건너 미국 각지를 돌아본 뒤에는 하와이를 거쳐 태평양을 횡단, 1년 9개월 동안 지구를 한 바퀴 돌았다. 귀국 후에 『동아일보』와 『삼천리』에 여행기를 연재했다. 화가, 소설가, 시인, 조각가, 사회운동가. 나혜석을 설명하는 그 모든 정체성은 세계를 바라보는 나혜석의 글에서 단단하게 뿌리내렸다.

나는 "가자, 파리로. 살러 가지 말고 죽으러 가자"는 문장을 볼 때마다 살고자 하는 의지를 굳히는 삶의 경험으로 여행이 얼마나 큰 역할을 하는지 생각하곤 한다. 나고 자란 곳에서 죽을 필요는 없다. 죽을 곳은 내가 정한다. 그러기 위해 나는 그곳에서 마지막 순간까지 살아 낼 것이다. 과거 여성들은 돌아오는 것이 곧 삶의 절망으로 이어지는 경우가 흔했다. 그래서 나혜석의 여행기를 읽는 21세기 여성인 나는 이런 대목에서 돌아오지 말라고, 영구히 가라고, 그곳에서 더 잘 살아 버리라고 말하고 싶다. 당신이 길이 된다고. 우리는 당신을 기억한다고.

《능력이 있을 때는 다른 사람을,
없을 때는 스스로를 도와라。》
어디에서 본 구절인지는 생각나지
않지만 나는 이 말을 참 좋아한다。
문득 인생의 방향을 잃어버린 것
같을 때 이 구절을 떠올리면
다른 사람과 나 자신을 돕는 것을
잊어버리지 말자고 다짐하게 된다。

015

란바이퉈,『돌아온 여행자에게』
(이현아 옮김, 한빛비즈, 2018)

여행지에서도 방향을 잃는 경험을 한다. 목적지를 정하고 떠나 목적이 분명한 여행을 하다가도 온갖 변수에 맞닥뜨려 어째야 좋을지 모르는 순간이 생기고야 만다. 한번은 비행기 시간을 잘못 봤다는 걸 알았다. 언젠가는 악천후로 투어가 취소되었다. 갑자기 몸살감기가 심하게 와서 침대에 꼼짝 못하고 누워 있기도 했다. 돈을 잃어버리는 건 또 어떤가. 갔더니 기대에 못 미치는 건 여행다반사다. 갑자기 후회가 시작된다. 이 돈이면, 이 시간이면 차라리 집에 있을걸. 왜 굳이 여행을 왔을까. 망한 여행 후일담은 늘 재미있는 이야깃거리가 된다.

그래도 하고 나면 안 한 것보다 늘 낫다. '나'라는 인간의 한계를 약간이나마 더 파악하게 되니까. 무사히 집으로 돌아와 방에 누우면 "내 방이 최고다" 하는 나른한 만족감이 뒤를 잇고, 어느새 나는 다음 여행지를 검색하고 있다. 다음에는 더 잘할 수 있다. 한번 실패해 봤으니 다음에는 성공할 수 있다. 경험으로 알았다. 시행착오가 기껍다. 그러니 여행은 궁극적으로 '내가 나를 돕는' 경험이다. 익숙하지 않은 장소에서 즐겁고 편해지기 위한 궁리를 한다. 그렇게 여행은 내가 나를 살리는 시간이 된다.

엄마 아빠의 사진 찍기는
3단계가 있는데、
1단계 : 엄마의 감탄 ↓ 아빠의 《당신 거기
좀 서봐》 = 이쁨
2단계 : 1단계 + 《여보 우리 같이 찍어요》
= 투샷 담고 싶을 만큼 예쁨
3단계 : 2단계 + 앞서가는 야속한 딸을 부르며
《민지도 이리 와!》 = 쓰리샷 필요할 만큼 베스트。
이때 가이드는 이의를 제기하지 않고
달려야 한다。

016

곽민지, 『걸어서 환장 속으로』
(달, 2019)

부모님을 모시고 자유 여행. 요약하면 '걸어서 환장 속으로'다. 『걸어서 세계 속으로』라는 인기 TV 프로그램 제목을 패러디한 『걸어서 환장 속으로』라는 환상적인 제목의 책은 곽민지 작가가 아버지의 환갑과 은퇴를 맞아 엄마와 아빠를 '모시고' 스페인 자유 여행을 떠난 이야기를 담았다. 손미나 아나운서가 쓴 스페인 여행기 제목이 『스페인, 너는 자유다』인데, 『걸어서 환장 속으로』에 부제를 달아 본다면? '스페인, 너는 죽었다.' 여기서 '너'는 부모님을 모시고 자유 여행을 떠난 딸 곽민지 작가다.

하지만 부모님과 여행을 해 본 사람이라면 알 것이다. 웃기도록 피곤한 일이 벌어진 뒤 "잘 왔다"는 결론이 나리라는 사실을. 이 책에 실린 '엄마와 아빠의 사진 찍기 3단계' 이야기를 나는 무척 좋아하는데, 어느 여행지에서건 숱하게 보는 풍경 그대로여서다.

남들 다 사진을 찍는 장소에서 기념사진을 찍는 게 뭐가 그렇게 대단해? 남들하고 똑같아 보이는 사진을 찍느라 시간을 낭비한다고 생각했는데, 그 사진의 효용은 여행이 끝난 뒤 친구들에게 자랑하는 데 있다는 걸 나중에야 알았다. 내가 찍는 '감성 사진'(풀밭, 하늘이 비친 창문, 비행기 창문 밖 구름 등)은 부모님 눈에는 아무것도 아니었다. "넌 왜 거기까지 가서……" 나는 부모님이 부모님 기준으로 나를 판단하지 않길 늘 바랐지만, 나 역시 내 기준으로 부모님을 판단했던 것이다. (자녀들이 장성한 뒤) 드물게 찍은 가족사진이 여행지에서 찍은 것이라는 사실은 굳이 덧붙일 필요도 없으리라.

아아, 하루종일 기차만
탈 수 있다면 얼마나 좋을까!

오지은, 『홋카이도 보통열차』
(북노마드, 2010)

홋카이도를 여행할 때는 언제나 기차를 실컷 탄다. 해산물부터 야채, 양고기를 비롯한 육류까지 먹을거리가 풍부한 이곳을 여행할 때면 언제나 역에서 파는 특산물 도시락을 구입해 기차에서 까먹으며 창밖을 본다. 뮤지션 오지은이 책 제목에 쓴 '보통열차'는 모든 역에 정차하는 기차를 말하는데, 당연히 급행열차와 비교해 시간이 끝내주게 오래 걸린다. 모든 역에 정차한다는 말은 그만큼 창밖을 보며 멍 때리는 시간이 많아진다는 뜻이기도 하다. 네모난 기차에 앉아 창밖을 보고 있으면 종종 이 창밖이 진짜 '세상'이 아니라 영화의 특수효과 같은 것은 아닐까 상상하게 되는데, 창문처럼 생긴 블루스크린을 뜯어내면 그 바깥에 세트장이 있을 것만 같다. 물론 이 미친 상상을 다행히 실천에 옮긴 적은 없지만.

기차 여행은 왜 좋을까. 기차는 비행기처럼 빠르지 않고, 자동차처럼 구석구석 가지 않는다. 하지만 비행기보다 땅 위에 있는 것들이 세세히 보이고, 자동차처럼 내가 신경 쓸 일 없이 이동할 수 있다. 보통열차를 타면 창밖의 광경이 더 천천히 스쳐 지나간다. 그리고 나는 마치 잊고 있던 것처럼 도시락을 꺼내 먹고 책을 읽거나 잠을 청한다. 눈을 떠 보면 나는 그대로고 창밖 풍경만 달라져 있다. 언젠가 서울에서 출발하는 열차를 타고 북한을 지나 시베리아 횡단 열차로 갈아타고 유럽에 갈 수 있을까. 나는 그곳에서 무엇을 보게 될까. 이런 말을 했더니, 친구가 어차피 기차 여행이 쓸 수 있는 휴가를 다 잡아먹을 테니 못 탈 거라고 한다. 그래그래. 내가 회사원인 동안 통일이 된다면 말이지. 그때가 되면 하루 종일 기차만 타고 유럽으로 갈 거야.

포자가 피어나는 초여름에
양치식물 옆에 쪼그려 앉아
잎 뒷면의 그 다양한 무늬를
보고 있노라면, 화려한 꽃을
볼 때와는 또 다른 아름다움,
오랜 생존의 역사에 대한
경이로움이 느껴진다.

이소영, 『식물 산책』
(글항아리, 2018)

018

5월에는 영화를 보러 전주에 간다. 겹벚꽃이 피는 계절이다. 전동성당 뜰에 핀 겹벚꽃을 보고, 봄볕을 만끽하며 한옥마을을 한 바퀴 돈다. 대체로 전주국제영화제 출장을 겸한 방문이라 일정 마지막에나 부리는 호사다. 시내에서 못다 간 맛집을 탐방하는 전주국제영화제 말미의 개인 일정에 한국도로공사 전주수목원을 넣은 것은 『식물 산책』 덕분이었다.

내가 아는 고비나 고사리를 비롯한 양치식물은 이른 봄에 돌돌 말린 상태로 땅에 딱 붙어 자라기 시작해 말려 있던 몸을 펴는 야외의 외계식물 같은 인상이다. 꽃이 피지 않고 이파리 뒤에 포자가 검은깨처럼 촘촘히 박힌 모습을 볼 때면 내가 다른 식물과는 다른 생애주기를 가진 생명체 같다. 뉴질랜드에 갔을 때 나무만큼 거대한 고사리를 본 적도 있는데, 아무래도 저 뒤에서 공룡이 나와야 걸맞은 그림이겠다 싶었다. 습하고 빛이 부족한 거대 나무고사리 숲을 한참 거닐었던 그날의 오후는 피부에 끈적하게 들러붙어 좀처럼 잊히지 않았다.

제주도에 있는 '술의 식물원'이라는 밥집 겸 술집에도 제법 큰 양치식물이 있다. 꽃도 없이 그저 같은 패턴의 이파리만으로 압도당하는 이 기분은 뭔지. 특별한 양치식물이 있는 곳은 잘 잊히지 않는다. 어째서인지 꽃보다 더 기억에 남는다. 그날 한국도로공사 전주수목원에서는 코로나19 감염증 때문에 온실에 들어갈 수 없었다. 그래도 충분히 좋았다. 장미정원에 장미가 피기 시작했고, 늦게 피는 철쭉이 만발했고, 물가에는 수선화가 노랗게 빛났다. 꽃들이 아우성치는 5월의 정원에서 혼자 하루를 보내고 서울로 돌아오는 KTX에서 사진을 정리했다. 그날은 아주 깊은 잠을 잤다.

여행은 생의 은유이자 시이며
철학이고 기도、 다른 이를
빗대어 나를 보는 일이다。
그래서 그저 사진 몇 장만 남은
여행은 어쩌면 당신을 떠나는
일보다 슬픈 일이었다。

안수향, 『서툴지만 푸른 빛』
(라이킷, 2019)

019

나는 번아웃을 경험한 적이 있다. 이 번아웃의 유일한 장점은 내가 (결과적으로) 다시 트랙에 올랐을 때 아직 달릴 수 있는 나이에 경험했다는 것이다. 그 시기에 나는 강박적으로 여행을 다녔는데, 뭘 어떻게 봤는지, 어디를 갔는지 기억이 별로 없다. 여행하려고 간 게 아니라 여행을 하면 나아지리라는 억지 주문을 스스로에게 걸었던 셈이다. 지금 생각하면 그렇지만, 그때는 잘 몰랐다. "사진 몇 장만 남은 여행." 안수향 작가의 표현이 눈에 밟힌다. 나에겐 사진을 아예 찍지 않은 여행들도 있었다. 눈을 뜨고 내 방 천장을 보는 게 힘들어 어디든 가려고 했던. 아름다움을 알아보는 힘이 마음의 여유에 있다는 상투적인 말은 진실이다.

어딜 간다고 나아질 일이 아니라는 걸 다른 곳에 가서야 알게 될 때가 있다. '다른 이를 빗대어 나를 보는 일'을 하려고 떠났다 나라는 사람에게 아무것도 없다는 사실을 보게 되어 버려서.

지금도 종종 사진 한 장 없는 여행을 한다. 여행 사진을 SNS에 올리지 않는 것과 사진을 아예 찍지 않는 것은 근본적으로 다른 일이다. 전자는 경험을 지극히 사적인 즐거움의 영역에 저장하는 일이지만, 후자는 '배터리 없음'을 알리는 빨간불이 내 안에서 번쩍거리는 상황이다. 사진 몇 장만 남은 여행보다 조금은 더 울적한, 사진을 찍을 여유조차 없었던, 길 위에서 보낸 어떤 날들.

몇 시간 만에 나로 돌아와 우선
느끼는 것은、 언제나、 강렬한
고독감이다。 몇 시간을 타인과 인생을
공유한 다음이라 괜히 더 그럴지도
모르겠다。 하지만 이 감각은 오히려
한 사람의 생활사라는 무언가
터무니없이 거대한 것 속에 들어가
여행한 다음에 느끼는 것이라고 나는
생각한다。 자아를 잊게 만들었던
기나긴 여행 후에 나는 〈바로 나
자신〉의 안으로 돌아오는 것이다。

기시 마사히코, 『단편적인 것의 사회학』
(김경원 옮김, 위즈덤하우스, 2016)

020

사회학자 기시 마사히코는 인터뷰를 통해 타인의 삶을 헤아린다. 그는 인터뷰를 여행에 비유하는데, 인터뷰는 상대를 내 쪽으로 끌어오는 게 아니라 나를 상대 쪽에 부려 놓는 작업이라는 점을 감안하면 통찰력 있는 설명이다 싶다.

인터뷰는 잘 듣는 사람이 잘한다. 하지만 이것도 사람마다 생각이 다른 듯하다. 인터뷰이가 지쳐서 할 말 안 할 말 다 꺼내 놓을 때까지 들어야 직성이 풀리는 인터뷰어를 본 적도 있고, 인터뷰이를 멋지게 포장해 때로는 거의 다른 사람처럼 만들어 놓는 인터뷰어를 본 적도 있다. 유명한 인터뷰이와의 친분을 자랑스레 늘어놓는 인터뷰어도 드물지 않다. 잘 듣는다는 것은 때로 사라지는 사람이 된다는 말이다. 대화의 무대에서 온전히 상대가 주인공이 되도록 하는 일. 하지만 정치인, 경제인 혹은 범죄자와 인터뷰하는 사람에게 인터뷰란 원하는 것을 가져오고 내 것은 절대 빼앗기지 않아야 하는 전쟁이리라.

인터뷰를 하고 가장 기쁜 날은 내가 되고 싶은 가장 이상적인 나에 가까워지는 방법을 약간은 터득한 기분이 들 때다. 인터뷰이가 자신의 삶을 기꺼이 열어 보여도 좋을 사람으로 나를 신뢰함을 느꼈을 때. 다시는 만날 일이 없을지도 모르는 사람이 보여 준 신뢰에 기뻐하며 집으로 돌아온다. 잘 마무리된 인터뷰는 이상적인 여행을 닮았다.

아름다운 이야기로 마무리 짓고 싶은데, 사실 인터뷰에서 가장 어려운 부분은 녹취 정리다. 여기에는 어떠한 아름다움도 없고, 상대의 말을 이끌어 내기 위해 박수부대처럼 웃는 내가 있다. 기시 마사히코가 말한 '바로 나 자신'은 녹음 파일 속에 있는 그 사람일까. 그렇다면 너무 싫다.

사람들이 길게 줄지어
서 있는 곳은 맛집이니
그냥 지나치지 말고 꼭
들어가 보세요。

021

치앙마이래빗, 『치앙마이래빗의 태국 요리 여행』(옐로브릭, 2019)

맛집은 어디인가? 여행을 다니다 보면 가이드북이나 SNS에서 추천한 유명한 집을 굳이 찾아가 오래 줄을 섰다 실망하는 경험이 쌓이기 마련이다. 일단 사람마다 입맛이 다르다. 정말 맛있다고 생각해 권해도 상대 입맛엔 안 맞을 수 있다. 나만 해도 경험 정도에 따라 맛에 대한 판단이 달라진다. 평양냉면을 처음 먹었던 날은 나를 데려간 선배들이 거짓말을 한다고 생각했다(맹물 맛인데 맛있다고 노인들이 거짓말한다!). 하지만 이제는 평양냉면집에 따라 맛의 진하기가 다르단 걸 알고, 때로는 너무 간이 세다고 느끼기도 한다. 하물며 낯선 곳에서 낯선 음식을 맛볼 때는 그만큼 시행착오가 따를 수밖에 없다. 특유의 향신료나 허브를 다 빼고 "한국 사람도 먹기 좋아요"라는 평을 듣는 태국 요릿집에서 태국 음식을 맛본다고 상상해 보자. 낯선 음식을 어려워하는 사람은 어떻게든 '특색'을 빼고 먹으려 하지만 태국 요리를 즐기는 사람은 바로 그 맛을 즐긴다.

서울에서만 태국 음식을 경험했던 내가 마침내 '본토'에 상륙했을 때 가장 큰 차이를 느낀 음식이 솜땀이었다. 첫 태국 여행은 치앙마이였는데, 언제나 '기본찬'으로 솜땀을 '깔고' 다음 요리를 고르는 식이었다. 절구와 공이를 사용해 마늘, 고추, 마른 새우와 채 썬 그린파파야를 듬뿍 넣고 방울토마토며 줄콩, 땅콩 등을 함께 빻은 후 피시 소스로 간을 한다. 별것도 없는 듯한데, 재료를 전부 넣어 절구에 쓱쓱 비벼 내오는 솜땀이 그렇게 맛있을 수가 없었다. 저자의 말에 따르면 "이산 사람들은 솜땀에 쥐똥고추는 자기 나이만큼 넣는 거라고 농담을 한다"고. 크…… 얼마나 많이 넣어야 한다는 거야.

거리에서 그림 그리기는
별로 현명한 일이 아니었다.

022

크레이그 톰슨, 『만화가의 여행』
(박중서 옮김, 미메시스, 2013)

88올림픽 때 초등학교에서 단체 관람을 갔다. 관객 동원이었던 셈이다. 우리는 육상경기를 보러 갔는데, 친구와 나란히 앉아 도시락을 먹는데 갑자기 국민의례가 시작되었다. 지금 같으면 그냥 앉아서 계속 먹었겠지만, 그때 한국은 초등학생이 국민의례를 무시할 수 있는 나라가 아니었다. 나와 친구는 먹던 도시락을 각자 한 손에 들고 어정쩡하게 일어나 국기에 대한 경례를 했다. 우리를 본 백인 남자가 웃으며 사진을 찍었다. 어쩌고저쩌고 말도 했는데 영어라 못 알아들었다. 지구 어딘가에 어리벙벙한 표정으로 도시락을 손에 든 나와 친구의 사진이 있으리라.

『만화가의 여행』은 일단 가이드북이기를 포기한다. 어디까지나 주관적인 기록이다. 자신의 무지로 인한 낭패의 순간도 숨기지 않고 기록했다. 스케치를 하는 톰슨에게 모로코 마라케시는 낙원이자 재앙이었다. "거리에서 그림 그리기는 별로 현명한 일이 아니었다. 짐작건대 여성을 그리는 것은 금지인 듯했고, 남성은 그림 좀 그리자고 말을 건네면 바로 거절했으며 아이들은 꼼수가 있었다. 돈을 노리는 것이다. 그래서 대신 고양이들을 그렸다." (참고로 『만화가의 여행』 속 모로코 여행은 이슬람문화를 배경으로 한 대작 『하비비』의 모티브가 되었다.) 관광지에서 무심코 사진을 찍거나 그림을 그리다 모델료를 달라는 요구를 받아 본 적이 있는가? 초상권을 생각하면 애초에 동의를 구하지 않고 사람을 기록하는 건 무례한 일이다. 하지만 또한 그런 어리석은 관광객을 위해 모델료를 받는 현지인도 있다.

여행 화집에서 키스하는 사람, 눈물 흘리는 사람을 볼 때 동의를 구했을까 궁금해진다. 하지만 개와 고양이, 새라면 언제든 안심이다. 그들의 휴식을 방해하지 않으려 애쓰며 조심스레 사진을 찍는다. 타인의 삶은 구경거리가 아니다.

어서어서 구경들 하고 정신들
차리시오。지금은 이전과
다른 것을 어찌 알지 못하오。

강릉 김씨, 「서유록」, 『여성, 오래전 여행을 꿈꾸다』
(김경미 엮고 옮김, 나의시간, 2019)

글을 배워 읽고 쓸 수 있는 여자들도 자기 이름으로 살지 못하던 시대가 있었다. 「서유록」은 오십 대에 접어들어 장손과 손부를 연이어 잃은 강릉 김씨가 '원통함과 울분을 견디지 못해' 서울과 인천 지역을 여행한 이야기다. 1913년 8월 3일부터 9월 8일까지 남편과 딸이 동행한 여정이었다. 그녀가 서울에서 가장 감탄한 볼거리는 학생이 다니는 모습, 특히 여학생들의 모습이었다는데, 나는 "어서어서 구경들 하고" 뒤에 "정신들 차리시오"라는 말이 따라붙은 게 몹시 마음에 든다.

다른 삶의 가능성을 나는 여행을 통해 배워 왔다. 혈연으로 이어진 사람보다 더 가족처럼 가까이 지내며 함께 술잔을 기울이거나 부엌에 둘러앉아 간단히 요기를 하며 늦도록 수다를 즐기는 사람들, 예순 살 이후에 새로운 일을 시작한 사람들, 바다가 잘 보이는 위치에 있는 작은 집 뒤 알찬 텃밭의 주인, 내가 한 번도 들어 본 적 없는 학문 분야와 학교. '언젠가'를 상상하며 떠돌았는데, 돌이켜보면 하나씩 이루어가고 있다.

나는 그리스어에서 위안을
얻었고 그 덕분에 나의
모국어에서、또 모국어와
함께하는 삶에서 벗어나는
기분이 들었다。

메리 노리스,『그리스는 교열 중』
(김영준 옮김, 마음산책, 2019)

024

메리 노리스는 40년 넘게 『뉴요커』에서 '원고를 인쇄 직전까지 다듬는 사람'인 '오케이어'OK'er로 일했다. 노리스가 그리스어를 배우기로 한 이유는 그리스 여행을 가기 위해서였는데, 그는 그리스어에서 위안을 얻었다고 한다. 그리스어 덕분에 모국어에서, 또 모국어와 함께하는 삶에서 벗어나는 기분이 들었다고. 언어를 업으로 삼은 사람이 도피와 자유를 경험하는 것은 외국어를 경유하지 않고는 불가능했던 셈이다.

『그리스는 교열 중』에는 그리스 여행 이야기가 여러 번 등장한다. 좋은 경험만 한 것은 아니다. 노리스는 피레우스에서 출항한 연락선에서 미미(드미트리의 애칭)라는 남자가 안내를 자청해 미노스 궁전이 발견된 크노소스 유적지를 방문하게 되었다. 사람 몸에 소의 머리를 가진 신화 속 존재 미노타우로스가 갇혀 있을 법한 미로를 구경하는데 미미가 성적 친밀감을 표시하기 시작했고, 노리스는 그 정도로 친밀한 사이는 아니라고 생각해 그리스어로 "너무 빨라요"라고 말했다. 그런데 나중에 알고 보니 자신이 한 말은 "더 빨리, 더 빨리"였다고. 노리스는 이 경험으로 '지중해를 홀로 여행하는 여자는 남자를 원한다'는 선입견이 만연하다는 사실을 알게 되었다. 이 책에는 노리스가 성장 과정에서 가족과 경험한 일을 회고하는 내용도 자주 나온다. 어머니와의 관계, 어려서 죽은 오빠, 성전환을 한 동생(남동생이었지만 여동생이 된) 등에 관한 상념이 노리스를 찾아온다. 과거가 문을 두드린다. 노리스는 자신의 과거로 떠나는 여행을 가장 낯선 언어를 통해 성공적으로 마무리한다. 이 모든 과정은 몹시도 학구적이고 놀라울 정도로 자유롭다.

나는 복숭아 냄새를 맡았는데,
그곳에서는 내 어린 시절의 냄새가
났다。 거기에 서서 나는 복숭아가
대단한 사건일 수도 있었던
과거로 돌아가는 기차를 타고
과거로 여행을 떠나고 있었다。

리처드 브라우티건,
『도쿄 몬태나 특급열차』
(김성곤 옮김, 비채, 2019)

025

친구들과 '엄마 냄새' 얘기를 한 적이 있다. 그건 엄마 냄새가 아니라 그 시절 화장품 냄새였다. 어린 시절의 냄새. 어린 시절로 돌아가는 여행. 별로 대단할 것 없는 옛날 물건을 지금 다시 쓰면서 느끼는 즐거움에는 그런 추억 보정 효과가 있을 것이다. 어린 시절이 마냥 좋았느냐 하면 그건 전혀 아니지만, 돌이킬 수 없는 시간이기에 애틋하게 느껴진다. 애틋함은 종종 그런 식이다. 그 기분을 좋았다고 추억하기 시작하면 많은 일이 꼬이고 복잡해진다. 첫사랑을 그리워하는 마음도 대체로 그렇고. 고생스러웠던 여행을 웃으며 추억하는 마음도 크게 다르지 않다.

그리움을 담으면 다 그럴듯해진다. 이는 고생스러운 순간을 이기는 지혜이기도 하고, 향수로 인한 추억 보정으로 실수를 반복하지 않기 위해 명심해야 하는 교훈이기도 하다. 이십 대 때 체력으로 한 여행을 돌이켜 보는 중년의 내가 마음에 칼로 새긴 교훈이다. 파리에서 런던까지 심야 버스로 이동한 적이 몇 번 있는데, 한번은 버스가 유로스타를 놓쳐 배를 타려 하니 그것마저 놓치는 바람에 다시 기다려 유로스타를 탔다. 그래서 새벽 6시쯤이던 도착 시간이 6시간 정도 늦어져 버렸다. 자도 자도 끝이 없었다. 그러다 어느 순간 눈을 떴더니 창밖으로 영국 전원 풍경이 펼쳐졌다. 야트막한 녹색 언덕과 양떼. 피곤한 것도 잊고(젊어서 그랬다) 일행에게 창밖을 보라고 손짓했다. 이십 대에는 그렇게 장시간 버스를 타고 많이도 다녔다. 2017년에 개기일식을 보러 미국에 갔을 때 하루에 12시간을 버스로 이동한다는 말에 겁 없이 덤빈 건 그 추억이 즐거워서였다. 결론은? 내가 다시 6시간 이상 버스를 타야 하는 여행을 하나 봐라. 내 머리어깨허리무릎발.

《위를 목표로 가는데
아래를 보면서 말하는 게
우습지 않아요?》
《그렇구나. 하지만 목적지는
과거 속에 있을지도 모르지요.》

026

미나토 가나에, 『여자들의 등산일기』
(심정명 옮김, 비채, 2019)

나는 등산을 즐기지 않는다. 산을 잘 오르지도 못한다. 노력하고 싶은 생각도 없다. 하지만 한국에서는 원하든 원치 않든 산행을 함께하게 될 때가 있다. 우리 회사의 경우는 아니지만, 회사에서 높은 분의 취미가 등산이면 해마다 산에 간다는 '썰'은 아주 흔하다. 한국에는 일단 산이 많고 많으니까. 그런데 산에 갈 때마다 놀랍게도 평소에 특별히 운동을 좋아하거나 산을 잘 탄다는 말을 한 적이 없는데 갑자기 날아다니는 사람들이 꼭 있다. 알고 보면 산악동호회 출신으로 전국에 안 올라 본 산이 없단다. 그럴 때마다 사람이 있는 장소가 바뀌면 내가 모르는 사람이 될 수도 있구나 싶어 놀란다.

『여자들의 등산일기』에 실린 「히우치 산」에도 그런 사람이 등장한다. 주인공은 사십 대 여자와 남자다. 그들은 이제 막 데이트를 시작한 단계. 여자는 버블 시대에 사들인 물건들을 아직도 가지고 있어 부유하다는 편견에 시달리곤 하는 인물로 우연히 본 별점 결과를 따라 남자를 골라서 등산까지 함께하는 참이다. 산 정상까지 오를 수나 있을까 싶던 풀메이크업을 한 여자가 등산에 능숙하다는 사실이 밝혀지며 과거의 장면들이 펼쳐진다. 삶의 큰 결심을 위해 혹은 결별을 위해 산에 오르거나 여행을 떠나 본 사람이라면 소설 속 인물들의 사연이 남의 이야기 같지 않으리라. 일반적인 등반자들은 훨씬 가벼운 이유(산이 저기에 있고 나는 시간이 있다)로 산에 오르겠지만.

그 사람이 속한 장소를 바꿔 보기만 해도 많은 편견이 깨진다. 그래서 오래 함께할 사이라면 여행을 권한다. 압박 상황에 어떻게 대처하는지, 체력적 한계가 왔을 때 태도가 어떻게 달라지는지를 살피는 것이다. 아, 그래도 등산은 역시 어렵지만.

1년 중 가장 추운 날
황량한 언덕 꼭대기에
서 있는 여행자의 외투 안
가슴속에서는 집 안의 어떤
난롯불보다 따뜻한 불이
타고 있었다.

헨리 데이비드 소로, 『달빛 속을 걷다』
(조애리 옮김, 민음사, 2018)

027

도심에 사는 이에게 소로의 글은 달 착륙에 대한 글만큼이나 아득한 이야기일 뿐이다. 그럼에도 소로도 나와 같구나 하며 웃을 대목이 있다. “1년 중 가장 추운 날 황량한 언덕 꼭대기에 서 있는 여행자의 외투 안 가슴속에서는 집 안의 어떤 난롯불보다 따뜻한 불이 타고 있다. 그의 가슴속에 남쪽 나라가 있다. 거기로 새와 곤충이 모두 몰려오며 가슴속 따뜻한 샘 주위로 울새와 종달새가 모여든다.” 내 마음속에도 여름이 있다. 거기에 무엇이 있나 들여다보았더니, 아이스아메리카노와 수박 그리고 에어컨이 있다. 벌레와 들짐승이 있는 진짜 자연보다 안락한 인공의 세계에서 상상하는 자연을 더 좋아하는 셈이다. 도시 인간이란. 난롯불이라니 무슨 말이야, 정말.

미국 서부 여행을 갔을 때 일이다. 버스를 타고 하루에 열 몇 시간씩 이동하는 날이 이어졌는데, 창밖 풍경은 가끔 화성 같아서, 대체로 그곳이 그곳 같았다. 지평선을 원 없이 보는 나날이었다. 사람들 얼굴에 가득한 피로를 근심하던 가이드는 지루한 낮의 사막을 지나며 밤의 사막에 대해 들려주었다. 그는 별을 보기 위해 아는 동생과 한밤중에 차를 몰고 나갔다고 한다. 인간이 만든 불빛이 없는 높은 곳에 이르러 모든 불을 끄고 차에서 내렸는데, 내리자마자 너무나 두려워 견딜 수가 없었단다. 하늘에 가득한 별이 모두 쏟아져 내리는 듯했고, 낭만적이기보다 압도당해 눌리는 기분이었다고. 가장 많은 별과 가장 큰 두려움. 그 이야기를 들으며 무척 부러워했던 기억이 난다. 나는 압사당할 공포를 느끼며 별을 본 적이 없다.

가끔 인공위성일 수도 있는 하나의 별이 깜빡이듯 말을 걸 때가 있다. 그럴 때면 좋아하는 사람들을 위해 기도한다.

근대의 여행은 단순한
호기심의 수준을 넘어 자국에
대한 영토 인식 및 영토 확장의
욕망이 깔린 제국주의적
지리의 관점에 토대하고 있다.

우미영, 『근대 조선의 여행자들』
(역사비평사, 2018)

028

교통수단이 발달하면 이동과 이주와 여행이 수월해진다. '고향에 대한 그리움'이라는 정서는 교통수단이 발달하면서 일상화되었다. 고향에 대한 절절한 그리움이 대중문화에서 일상적으로 드러난다. 고향은 도시 혹은 문명과 대립하며, 고향을 관찰자로 바라보는 시선 역시 생겨난다. 고향 혹은 조국이 곧 부모를 상징한다면 근대의 소년들에게 '떠남'은 성장을 상징하며 목적지는 많은 경우 도시, 특히 세계였다. 『근대 조선의 여행자들』은 근대 조선에서 사적인 관광 목적부터 공무를 위한 출장까지 다양한 여행을 경험한 사람들의 이야기를 통해 당시 조선과 세계를 성찰한다.

이런 글은 대체로 남성의 전유물이었다. 여행이 그러했듯이. 여성 교육이 공식적으로 제도화된 것이 1908년. 이때서야 교육기관은 여성에게 정당한 외출 기회를 제공했다. 그래서인지 이 시기의 여행기는 상상한 적 없는 세계를 처음으로 경험하는 경이로 가득하지만, 떠나온 곳 나아가 돌아갈 곳이 식민지가 되었다는 사실이 주는 강렬한 좌절을 바탕에 깔고 있다. 대영박물관에서 발견한 조선 전시물에 반갑다가도, 그것이 원시사회의 채집품일 뿐임을 알고 한탄한다. "부지런히 일하고 배워야겠습니다"라는 이정섭의 다짐에는 비애가 묻어 있다. 이 문장이 '세계는 넓고 할 일은 많다'를 주문처럼 외워 온 현대 한국인에게도 여전히 강력한 영향을 끼치고 있다는 데까지 생각이 미친다. 으뜸으로 자랑할 것이 뚜렷한 사계절과 배울 의지가 넘치는 사람들인 나라가 대한민국 아니던가.

아무에게도 알려주지 않겠다고
마음먹은 시골 마을을 발견했다。
강아지를 산책시키는 할아버지와
자그마한 와사비소금 한 병을
소중하게 포장해주는 할머니를
만났다。 그런 할아버지와 친구가 되는
그런 할머니로 늙어가야지 하며
빙그레 웃었다。

029

김소연,『그 좋았던 시간에』
(달, 2020)

시골을 여행하다 보면 미래에 대해 생각하게 된다. 어느 나라든 시골에는 노인이 많기 때문인지도 모르겠다. 가을 부석사에 가면 초입에서 사과를 파는 어르신들을 보는데, 사과를 사려고 기웃거리면 시식해 보라며 한입 크기로 잘라 주시고는 사과에 대해 정성껏 설명을 해 주신다. 어디를 가도 비슷한 일이 벌어진다. 도시에 살기 때문에 농사짓는 노년의 삶을 현실과 동떨어진 방식으로 낭만화하는 일도 잦다. 하지만 도시에서 팔십 대 할머니가 된 나를 떠올릴 때 막막하던 많은 것이 시골 여행길에서는 둥글어지고 순해질 때도 있다. 시간이 느리게 흐른다는 감각, 매일의 삶이 해가 뜨고 지는 시간에 따라 이루어진다는 실감. 작은 마을의 숙소에 밤마다 날아드는 날벌레와 숲길을 걷다 발견하는 이름 모를 식물과 동물. 주름진 얼굴과 손, 서두르는 법이 없는 설명과 계산.

몸의 노화라고밖에 설명할 수 없는 변화를 겪기 시작하면서 근심도 두려움도 커진다. 아무렇지 않다고 주장하려 해도 마음이 건강하게 작동하도록 하려면 몸을 이전보다 훨씬 주의 깊게 다루어야 한다. 미래에 나를 기다리는 것은 무엇일까. 근심을 멈추는 일은 뜻밖에도 시골 여행길에서 천천히 하루를 살아가는 어르신들을 보며 가능해지곤 한다. 사돈어른들이 사시는 경남 산청에 방문했을 때도 그랬다. 식사 때가 되면 동네 어르신들이 갑자기 방문해 식탁에 함께 앉았다. 도시 촌사람인 나는 충격에 빠졌는데, 매일 있는 일이라고. 나는 사실 옆집 숟가락 개수까지 아는 삶은 정말 싫다는 쪽이다. 그럼에도 주변 사람들과 주고받는 호의와 교류 없이 노인의 삶은 건강하게 유지되지 않겠다 싶다. 미래의 내가 지금보다 더 사교적인 사람이 되었으면 하는 잔잔한 각오를 시골 여행길에서 다진다.

그레타는 내 인스타그램
게시물들을 쭉 살펴보더니
잔뜩 화난 목소리로 따졌다。
《기후 위기에 대해 관심이
있는 유명인이 단 한 명이라도
있나요? 비행기로 전 세계를
누비는 사치를 기꺼이
포기할 만한 유명인이
단 한 명이라도 있냐고요?》

그레타 툰베리 외,
『그레타 툰베리의 금요일』
(고영아 옮김, 책담, 2019)

환경운동가 그레타 툰베리는 비행기를 타지 않는다. 비행기의 탄소 배출 문제 때문이다. 2020년 7월 16일 자 『동아사이언스』에 '탄소 배출 가장 적게 하는 국제 학술행사 개최지를 찾아라'라는 기사가 실렸는데, 코로나19 사태 이전만 해도 운송 분야에서 배출되는 이산화탄소가 지구촌 전체 이산화탄소 배출량의 24퍼센트를 차지했다고 적었다(항공 약 3퍼센트, 도로 운송 18퍼센트, 철도 1퍼센트 미만). 문제는 대규모 학술대회가 한번 열리면 참석자들이 배출하는 이산화탄소의 양이 웬만한 규모의 도시가 일주일 동안 배출하는 양에 달한다는 것이다.

코로나19 이후 국경을 넘는 여행이 (한시적으로) 어려워지면서 환경오염 문제가 다소나마 개선되었다는 보도가 있었다. 하늘이 맑아졌다든가, 물이 깨끗해졌다든가 하는. 동시에 바다 부유물 가운데 일회용 마스크 비중이 늘어났다는 보도도. 도보 여행을 제외하면 여행은 필연적으로 인간이 이동하며 오염물질을 생산하는 행위가 된다. 비행기, 기차, 자동차를 어디까지 타지 않을 수 있을까. 여행뿐 아니라 우리 삶은 결국 어떤 방향으로 달라질까. 그레타 툰베리의 매서운 기성세대 비판을 들을 때마다 마음이 심란해진다. 내게 그 고민은 여행을 어디까지 포기할 수 있느냐는 질문과 맞닿아 있다.

비행기 내부는 건조하니까
생수와 보습 스프레이는 필수품。
외국행 비행기는 탈 때 입구에서
신발을 벗는 거야。승객이 한 사람씩
돌아가면서 자기소개를 하거든。
차례가 돌아올 때까지 엄청 시간이
걸리지만。날짜 변경선을 지나면
박수 치고 노래를 부른다。

031

온다 리쿠,『공포의 보수 일기』
(권영주 옮김, 북폴리오, 2011)

장시간 비행을 할 때면 나는 슈트케이스보다 몇 배는 공을 들여 기내용 가방을 싼다. 경유라도 하면 말할 필요가 없다. 기내용 슬리퍼, 기내에서 입고 잘 편한 옷, 읽을 책, 들을 음악(평상시 스트리밍으로 음악을 듣는다면 필요한 곡을 미리 기기에 저장해 두어야 한다. 땅에서와 같은 스트리밍은 기대할 수 없으니까), 노이즈캔슬링 헤드폰(이어폰은 귀에서 빠질 수도 있다), 인공눈물, 얼굴에 바르는 보습 로션, 안대를 겸한 아이마스크와 보습 마스크. 여권과 환전한 돈이 든 지갑은 마지막에 넣는다. 이십 대에는 이렇게 안 했는데 이제는 오만 가지가 신경 쓰여 사전에 준비하지 않으면 푹 잘 수가 없다. 나는 소중하니까.

온다 리쿠는 비행공포증 때문에 비행기를 오래 타지 못한다. 일본에서 야나가와까지 취재 여행을 갔다 돌아오는 길에 후쿠오카-하네다 편을 탄 것이 전부. 그런데 유럽에 가려니, 의식을 잃을 때까지 술을 마신다. 온다 리쿠의 비행공포증을 아는 친구는 그녀에게 여러 충고를 해 준다. "비행기 내부는 건조하니까 생수와 보습 스프레이는 필수품. 외국행 비행기는 탈 때 입구에서 신발을 벗는 거야. 승객이 한 사람씩 돌아가면서 자기소개를 하거든. 차례가 돌아올 때까지 엄청 시간이 걸리지만. 날짜 변경선을 지나면 박수 치고 노래를 부른다." 이런 판이니 공포와 싸우며 비행기에 오를 때는 자학에 가까운 유머 감각이 동원된다. 어떻게든 실성하지 않고 런던까지 꼼짝없이 가야 하는 상황. "좌우지간 취해야 한다. 술을 마시고 자는 것이다. (……) 눈 깜짝할 새에 병이 비었다. 그런데 조금도 취하지 않았다."

나는 이 지상에 아직
어슬렁거리고 있는데
내가 살았던 어느 곳은
이미 사라져버렸다。

허수경,『너 없이 걸었다』
(난다, 2015)

도착하고 떠나는 곳에는 일탈의 일렁이는 무늬가 있다. 버스터미널, 기차역, 공항을 좋아하는 이유다. 그런 장소에는 이곳이 아닌 어딘가로 일단 떠나고자 하는 욕망이 고여 있고 또한 무한히 흐른다. 사람들은 설레는 표정으로 누군가를 마중 나오거나 떠나곤 한다. 하지만 누구나 맘먹은 대로 떠날 수 있는 것은 아니다. 돈이 없는 것은 물론이고 세상에 대해서도 아는 것 하나 없던 어린 시절, 그저 어디론가 가고 싶다는 일념만으로 매일같이 떠나고 도착하는 장소에 우두커니 앉아 있어 본 사람이라면 독일에서 23년째 살고 있던 시인 허수경이 고향 기차역인 진주역을 인터넷에서 찾아본 뒤 자신의 심정을 적은 글에 애틋함을 느낄 것이다. 가난한 생김새의 오래된 역은 이제 번듯한 한옥형 역사로 다시 태어났다. 그 사진 앞에서 허수경은 사라져 버린 기억을 떠올린다. "나는 이 지상에 아직 어슬렁거리고 있는데 내가 살았던 어느 곳은 이미 사라져 버렸다."

허수경이 고향인 경남 진주를 떠올리며 쓴 글로 시작하긴 했지만 『너 없이 걸었다』의 주 무대는 뮌스터다. 유학 시절부터 오랜 독일 생활이 그대로 녹아 있는 이 책은 독일 시인의 시 한 편으로 장을 열고 독일의 역사, 문화사 그리고 거리의 모습과 사람들의 사연을 적는 구성이다. 낯선 도시의 사람들에 대한 이야기를 어찌나 유려하게 빚어 놓았는지 마치 아는 길을 걷는 느낌이다. 읽다 보면 사무치는 그리움이 전해져 온다. 집으로 돌아가고 싶은 그리움과 멀리 떠나고 싶은 간절함을 동시에 느낀다. 허수경 시인의 명복을 빈다.

여름날에 시원스런
벽오동과 목백일홍、 봄날에
아름다운 꽃이 피는 매화와
복사나무、 가을날 단풍이
진하게 물드는 단풍나무。

유홍준, 『나의 문화유산 답사기 1』
(창비, 1993)

소쇄원은 조선시대 원림의 미학을 고스란히 담고 있는 곳이라, 그 아름다움으로 수많은 시의 주인공이 되었다. 송강 정철이 쓴 「소쇄원 초정에 부치는 시」는 이렇다.

내가 태어나던 해에 이 정자를 세워
사람이 가고 오고 마흔 해로다.
시냇물 서늘히 벽오동 아래로 흐르니
손님이 와서 취하고는 깨지도 않네.

정자가 왜 그곳에 지어졌는지 알려면 멀리서 볼 게 아니라 올라가 앉아 봐야 한다는 당연한 조언도 곁들이지만, 소쇄원이 사계를 얼마나 운치 있게 나는지 알려 주는 꽃나무 배치에 대한 설명은 다시, 또다시 가 보고 싶다는 생각이 들게 만든다. 소쇄원에는 "여름날에 시원스런 벽오동과 목백일홍, 봄날에 아름다운 꽃이 피는 매화와 복사나무, 가을날 단풍이 진하게 물드는 단풍나무가 적절히 배치되어" 있다.

여행을 좋아하는 사람은 저마다 주력하는 관람 포인트가 있는데, 나는 정원과 종교시설 그리고 오래된 건물을 좋아한다. 외국에 나갈 때마다 정원을 허겁지겁 구경하다 처음 소쇄원에 방문했을 때 느낀 경이감을 잊을 수 없다. 내가 원하던 정원의 모든 것이 소쇄원에 있었다. 소쇄원은 그저 자연의 일부처럼 보였다. 자연물처럼. 벽오동과 목백일홍, 매화와 복사나무 그리고 단풍나무가 모두 소쇄원이었다.

제인 오스틴이 황야나
관목 숲을 본 적이
없었다면, 그녀의 소설 속
인물들은 어디서 거닐고
말하고 생각했을까?

034

재키 베넷, 『작가들의 정원』
(김명신 옮김, 샘터사, 2015)

제인 오스틴이 어린 시절을 보낸 목사관은 이제 없어졌지만, 『작가들의 정원』에는 제인 오스틴이 정기적으로 방문하고 두 번은 여름을 통째로 나기도 한 켄트에 있는 오빠의 집 가드머셤 파크의 사진이 잔뜩 실려 있다. 정원보다는 오히려 공원으로 보이는 넓은 정원은 『오만과 편견』, 『엠마』를 비롯한 제인 오스틴의 소설을 읽어 본 사람이라면 바로 등장인물들이 그곳을 거닐며 대화를 나누는 장면을 상상할 수 있는 모습이다. 제인 오스틴이 황야나 관목 숲을 본 적이 없었다면 그녀의 소설 속 인물들은 거닐고 말하고 생각할 수 있는 장소를 잃었을지 모른다.

나는 처음 책을 읽을 때 '관목 숲'이 뭔지 알 수가 없었다. 참고로 펭귄클래식 판에는 '관목 숲'이 아니라 '덤불숲'이라고 되어 있다. 관목은 높이가 2미터 이내인 나무를 일컫는 단어다. 『오만과 편견』에서 다아시는 엘리자베스에게 편지를 건네며 거만한 표정으로 말한다. "당신을 만나고 싶어서 한참 덤불숲을 거닐었습니다. 부디 제 편지를 읽어 주시기 바랍니다." 지금으로 치면 집 앞 커피숍 정도 되려나. 제인 오스틴의 덤불숲.

여기의 즐거움을 찾자。

이다,『이다의 작게 걷기』
(웅진지식하우스, 2015)

돈이 있으면 시간이 없고 시간이 있으면 돈이 없다, 그래서 여행을 떠나기 쉽지 않다고 푸념하곤 한다. 하지만 대체로 둘 다 없다. 시간이든 돈이든 하나만 충분히 많아도 여행을 떠나기란 어렵지 않다. 하지만 둘 다 늘 태부족이다. 『이다의 작게 걷기』는 '궁하면 통하는 동네 탐방기'다.

일러스트레이터인 이다의 그림 여행기인 이 책은 자신이 사는 동네의 단골집, 삼청공원과 운현궁을 비롯한 서울 시내 걷기를 포함해 통영, 안동, 경주 여행기를 담았다. 그녀는 애초에 이 장소들을 여행하려고 작정한 것은 아니었다고 한다. 스물네 살 때 첫 해외여행으로 터키를 다녀온 뒤 이다는 놀라운 발견을 했다. 아름다운 사람들, 아름다운 나라는 물론이고 "나 자신도 미처 몰랐던 웃고 밝고 행복한 나"를 말이다. 귀국 직후부터 다시 떠나기를 갈망한 건 놀랄 일이 아니지만, 실행에 옮길 경제적 여건이 되지 않았다. 그래서 일상에서 여행을 찾기로 했고, 그 "가난뱅이 근성"의 결과물이 『이다의 작게 걷기』다. 늦은 밤, 피곤한 발걸음, 빠르게 달리는 차 안에선 미처 보지 못했던 것을 작게 걸으며 보게 되었다. 당연한 준비물이라 생각했던 이어폰, MP3, 카메라는 집에 두고 갔다. 천천히 걷고, 멈추어 바라보고, 손으로 그리고, 소리로 기억하기 위해서.

이다 작가가 조부모님 댁에서 오디나무를 흔들어 오디를 줍는 이야기는 대체 어디로 흐르는지 모르게 산만한 것 같지만, 병든 할배가 문경 사투리로 "좋은 사람은 찾을라 카면 못 찾아여—밀가루 반죽 매로 내가 주물러서 만들어야 되는기" 하며 결혼하라고 압박하는 모습, 어린 시절 조부모님 댁에서 보낸 추억, 이제 공장이 들어서면 사라질 동네에 대한 아쉬움, 할매의 요리 맛보기가 아련하게 흐른다. 떠나는 것과 다른, 지금 여기 머무는 재미.

이제 더 이상 여행이 주는
롤러코스터 같은 감정의 기복을
느낄 수 없겠다는 생각도 들었다。
밀려드는 감정의 물결、바닥을 치는
낙담、한없이 이어지는 지루함과
불편함의 연속도 이제 없을 것
같았다。(……) 누군가 이야기를 나눌
사람이 있었으면 좋겠다는 마음이
들었지만、그 바람이 이루어지자마자
나는 다시 혼자 있고 싶어졌다。

제프 다이어, 『꼼짝도 하기 싫은 사람들을 위한 요가』(김현우 옮김, 웅진지식하우스, 2014)

2014년은 기록적으로 비행기를 많이 탄 해다. 한 해 내내 어디에 가 있었다. 비행기표가 필요 없는 여행지까지 셈에 넣으면, 4주 연속으로 집에서 잠을 잔 적이 단 한 번도 없었다.

몇 가지 이유가 있었다. 나는 당시 만 1년째 같이 사는 사람이 없어진 생활을 하고 있었다. 그와 동시에 늙어 감에 가속이 붙었음을 알았다. 무언가가 사라져 가고 있음을 알았고, 일단 나는 즐기기로 결심했다. 하지만 밤샘 마감 직후에 공항에 가는 일은 너무 힘들었고, 피곤한 상태에서 비행기를 타면 중이염 때문에 이명이 심해졌다. 제프 다이어의 표현을 빌리면, 이제 더 이상 여행이 주는 롤러코스터 같은 감정의 기복을 느낄 수 없겠다는 생각도 들었다. 그러다 오사카 뉴한큐 호텔 엘리베이터에서 완연한 가을 날씨에 얼굴이 벌겋게 달아오른 백인 중년 여자가 선풍기를 들고 온 일본인 매니저에게 다짜고짜 "It's disgusting!"(역겨워!)이라며 방이 덥다고 짜증을 내는 것을 옆에서 듣고는 정말로 여행을 위해 물불 가리지 않던 시절은 끝났음을 알았다.

나를 향한 메시지가 아닌데도 내 마음의 방향을 틀게 하는 사건이나 말이 있다. 나 스스로 브레이크를 걸 수 없을 때, 지나는 말에 기대 결정을 밀어붙이는 셈이다.

누군가 그랬다。
오후 세시라는 시간은
무엇을 하기에 애매한
시간이라고。나이 마흔을
넘겨 하는 배낭여행 또한
그런 게 아닐까。

김남희, 『라틴아메리카 춤추듯 걷다』
(문학동네, 2014)

037

성장은 어디론가 멀리 간다는 뜻이다. 어제까지의 모습을 상실하는 매일을 갱신해 간다는 뜻이기도 하다. 상징적인 의미에서 말이다. 사춘기 즈음부터, 집의 문을 나선 뒤 영영 달라진 사람이 되어 귀가한다. 새로운 인연이나 욕망으로 아예 이 집에 돌아오지 않을 방법을 획책한다. 더 공부하기 위해서, 새로 가족을 꾸리기 위해서, 아예 삶의 터전을 옮기기 위해서. 힘이 뻗치는 시간은 낮 2시까지. 태양이 가장 높은 지점을 지나 하강하기 시작하면, 앉을 곳을 찾는다. 처음에는 숨을 고르기 위해서였는데, 다시 떠나지 못하고 자꾸 뒤를 보며 산다.

그런데, 삶이 언제부터 애매해지는지 아는 사람? 애매하다고 스스로를 규정하는 순간부터다. 그러니까 오후 3시를 넘기면 생각보다 행동을 먼저 하는 편이 나을 것이다. 아니면 생각할 시간에 잠을 한 시간 더 자든가.

베를린에 온 지 열이틀째. 어쩌면
가장 사치스러운 여름을 보내고
있는지도 모르겠다. 여행지에서
〈목숨 걸고 구경하지 않을 자유〉를
추구한다는 면에서. 무얼 해야 한다는
강박에 사로잡혀 허둥대긴 싫었다.
내가 원한 것은 단 하나, 모든 것에서
자유롭게 놓여나는 것이었다.
그리고 〈거의〉 성공했다.

박연준, 『모월모일』
(문학동네, 2020)

038

사치란 무엇일까. 하고 싶은 것을 하는 게 사치라고 생각하다, 사회생활 연차가 쌓이자 하고 싶지 않은 걸 하지 않는 것이 사치구나 싶다. 하고 싶지 않은 건 하지 않고 살려 하면 일상이 잘 돌아가지 않는다. 매일 싫은 일을 하면서 하루를 밀어낸다. 청소나 빨래, 재활용 분리수거, 출퇴근, 식사 준비와 설거지. 가끔은 재미있지만 대체로 시시껄렁하다. 여행은 하기 싫은 것을 거의 하지 않아도 되는 자유를 누리게 해 준다. 그런데 공짜는 아니다. 생업을 열심히 일궈 얻은 돈과 아득바득 쥐어짜 낸 시간으로 만든 자유다. 그렇게 어딘가로 가서 아무것도 하지 않는다. 정말 호화스럽기 이를 데 없다.

박연준 시인의 글을 읽으며 이런 '뒹굴뒹굴'을 사치라고 부르는 사람이 역시 나만은 아니라는 데 감격 또 감격했다. 누구에게도 설명할 필요 없이 자유롭게 그저 존재하는 일. 뭐든 하고 싶은 기분이 들 때까지 멍 때리기.

베를린에서의 나는 하늘 사진만 잔뜩 찍었다.

많은 사람들은 좋은 삶은
모험、 여행、 거주지 변경、
클라이맥스로 이루어져야
한다고 믿는다。 그러나 나는
반대라고 생각한다。 조용한
삶일수록、 더 생산적이다。

롤프 도벨리, 『불행 피하기 기술』
(유영미 옮김, 인플루엔셜)

039

집에서 휴가를 보낸 친구가 "사람들이 어디 다녀왔냐고 그만 좀 물어봤으면 좋겠어"라고 한 적이 있다. 다들 '휴가' 하면 여행을 생각해서인지 휴가를 다녀왔다는 말에 전부 여행지를 물어보더라는 것이다. 여행을 다녀왔다 해도 남에게 시시콜콜 말할 생각은 없는데, 다들 휴가지에 대해 과시하듯 SNS에 쓰는 모습을 보니 자신도 뭐든 올려야 할 것 같은 압박감을 느낀다는 말이었다. 설령 여행을 다녀왔다 해도 굳이 알릴 필요는 없는데, 코로나19 이전만 해도 트위터에는 "타임라인에 늘 일본 여행을 떠난 트친이 한 명은 있다"는 말이 있었으니까.

『불행 피하기 기술』은 여행이 현대인의 '좋은 삶'에 필수 요소처럼 자리 잡았다는 사실을 지적한다. 과시할 수 있는 화려함이 일상을 단절시키고 새로움을 덧입힌다는 사실을 '잘 자랑하는' 사람이 경쟁력 있고 뛰어난 사람처럼 보인다고. 하지만 "조용한 삶일수록, 더 생산적이다". 덜 분주하고 덜 바쁘게 더 꾸준하게 살아야 충족한 삶을 얻을 수 있다는 이 조언을, 그는 '투기'가 아닌 '투자'의 뜻을 설명하며 건넨다.

사실 잘 모르겠다. 생산적인 삶을 위해 여행을 다니지 않는 편이 더 좋을까. 다만 분명한 것은 자극을 더하는 방식으로 당면한 문제를 해결하기란 불가능하며, 그런 방법을 반복하면 문제 해결을 뒤로 미루게 될 뿐이라는 사실이다. 일상의 문제는 일상에서만 해결할 수 있다.

《나 혼자 자유롭게
가고 싶어。》

허은실, 『내일 쓰는 일기』
(미디어창비, 2019)

040

아기를 보며 경이를 느끼는 순간은 셀 수 없을 정도지만, 나는 아기가 얼마나 엄마 아빠를 사랑하는지(특히 엄마) 볼 때마다 놀란다. 나도 그랬겠구나 싶다. 엄마 품에 안겨서도 엄마가 좋아서 우는 아기. 엄마가 내려놓기만 해도 불안해하며 우는 아기. 그런 아기가 커서 내가 되고 당신이 된다.

『내일 쓰는 일기』는 허은실 시인이 딸 나린이와 제주도에서 살며 보낸 시간을 글과 사진으로 담은 책이다. 이제 여덟 살, 3분 걸리는 등굣길이 아무리 가까워도 혼자 보낼 수 없는 것이 엄마 마음이다. 그런데 갑자기 나린이가 "나 혼자 자유롭게 가고 싶어"라고 선언한다. 엄마는 억울하다. 아니 내가 뭘 어쨌다고! 나란히 걷지도 않고 뒤에서 따라가는데 그게 어때서. 알고 보니 딸의 속마음은 연우 언니와 만나서 같이 가겠다는 것이었다.

성장은 그런 면에서 편도 티켓을 끊은 여행과 같다. 가족이 모르는 나만의 영역이 점점 늘어난다. 침대 밑, 등굣길에 우회하는 골목에서 시작해 가족이 아닌 사람과 혹은 혼자 어딘가에서 시간을 보내는 날이 온다. 공부를 위해 또는 즐거움을 위해. 멀리서 그리워하다가 가족이야말로 가장 좋은 사람들이라는 깨달음을 얻고는 죄책감을 느끼기도 한다. 그렇게 자기 영역을 만들어 가는 아이를 바라보는 어른의 복잡한 마음을 아이는 알까. 몰라도 족하다. 호기심과 즐거움을 동력으로 힘껏 세상을 향해 자신을 던지는 것으로 족하다. 그렇게 더 멀리, 부모가 도달한 곳보다 더 먼 곳까지 다다르기를. 그 과정에서 부디 다치지 않기를, 아니 다치더라도 다시 달릴 힘을 잃지 않기를. 작은 비밀을 만들고 어른들은 모르겠지 하는 얼굴로 눈을 반짝이는 아이를 볼 때마다 생각한다. 너희가 더 멀리 갈 수 있도록 우리가 더 나은 세상을 만들게.

풀밭에서의 즐거움은
에로틱한 행위와 특별한
감정들을 수반한다。

알랭 코르뱅, 『풀의 향기』
(이선민 옮김, 돌배나무, 2020)

041

평일 오후 서울 근교의 수목원에 여럿이 놀러 갔는데, 한적한 외곽 지역에 모텔과 식당이 많은 것을 보고 다들 격하게 놀람을 표했다. 사당역 근처에서 오래 살았던 친구는 코웃음 치며 어떻게 모를 수가 있느냐고 했다. 직접경험 유무와 무관하게 '산' 근처에 살아 보면 인간의 성욕에 대한 많은 부분을 알게 된다. '풀숲'도 만만찮다.

스코틀랜드 에든버러에 처음 갔을 때 돈을 아끼려고 런던에서 심야 버스로 이동했다. 새벽 5시가 조금 넘어 도착했더니 들어갈 수 있는 곳이 하나도 없었다. 하지만 마침 여름이었다. 그런 때에 갈 곳 정도는 미리 알아 두었다. 나는 24시간 운영하는 맥도널드 매장 화장실을 이용한 뒤 칼턴 힐에 올랐다. 칼턴 힐은 그 이후로도 여러 번 갔는데, 처음 갔을 때는 영화 『트레인스포팅』 속 에든버러를 조금 더 닮았던 것 같다. 화장실은 물이 안 내려갔고, 칼턴 힐의 눈부신 풀밭에는 다 쓴 콘돔이 하나도 아니고 둘도 아니고 여러 개 보였다.

초원의 클라브생. 시인 랭보는 풀을 그렇게 표현했다. 영어로 하프시코드, 프랑스어로 클라브생, 이탈리아어로 쳄발로라 부르는 피아노 이전의 건반악기인데, 현을 쳐서 소리를 내는 피아노와 달리 현을 울려 소리를 내는 이 악기는 실제 연주를 들어보면 볼륨이 작고 강약 조절이 되지 않는다. 숲을 헤치며 부는 바람 소리와 초원의 풀밭을 스치는 바람 소리의 차이. 영화 『비포 선라이즈』처럼 젊고 혈기 왕성하고 미래를 기약할 일도 없는 두 사람이 어딘가로 이동하는 밤이라면 어딘가의 풀밭만큼 좋은 침대가 또 있을까.

여행지의 풀밭은 오로지 낮잠을 위한 곳이었다. 머리는 나무 그늘에, 몸은 이불을 덮듯 태양이 잘 닿는 곳에 두고 배낭을 벤 채 누워서. 여행지의 매력적인 허송세월.

서너 사람들에게 지난
해외여행에서 무엇을
기억하는지 물어보아라。각기
다른 추억을 대는 것을 듣고는
깜짝 놀랄 것이다。

애거서 크리스티,
『애거서 크리스티 자서전』
(김시현 옮김, 황금가지, 2014)

042

같은 곳을 여행해도 무엇을 보는지는 당신이 누구냐에 따라 다르다. 현대 여행자는 거의 대부분 '남이 본 것'을 보는 데 시간을 할애한다. 우연히 들어가는 식당이 없고, 발길 닿는 대로 가는 관광지가 없고, 충동적으로 사는 물건이 없다. 물론 아예 없지는 않지만 지난 세기 여행자들, 그 시기의 여행 패턴과 비교하면 현격히 적다. 가 본 적 없는 도시의 유명한 식당이 어디인지, 무엇으로 유명한지, 어떻게 가야 하는지 알기란 어렵지 않다. 알고도 가지 않기는 어렵고. 여행을 시작하기 전부터 구글 지도는 관심 있는 장소를 표시한 별표로 가득 찬다. 쇼핑 목록은 출발 전에 이미 완성되었으니 현지에서는 목적한 물건을 찾아다니기만 하면 된다. 가격이 얼마인지, 최저가로 구입할 수 있는 곳이 어디인지도 이미 안다. 사건 사고는 줄어들고 획일성은 증가한다.

지난 세기 사람들은 SNS와 스마트폰 없이 여행했기 때문에 무엇인지 모르고 본 뒤에 자기 식으로 해석하는 데 현대인보다 능했으리라. 애거서 크리스티의 친구 아들은 열다섯 살에 파리 여행을 다녀왔다. 아이의 친구가 무엇이 가장 기억에 남았느냐고 묻자, 아이는 "굴뚝. 영국의 굴뚝과는 확연히 다르던걸"이라고 답했다. 애거서 크리스티는 소년이 시각적 세부 사항을 구분하고 기억하는 데 능했다고, 몇 년 후 미술가가 되기 위해 공부를 시작했다고 적었다. 애거서 크리스티는 이것을 '어린이의 관점'이라고 했다. 내가 본 것을 신뢰하고 명명하는 것. 여행을 그 자체로 좋아하는 사람은 어딜 가도 이런 방식으로 자기만의 시간을 보낼 줄 아는 사람이라고 믿는다.

평생 천식을 앓았던 이 작가는
여행 중 여관에 투숙했을 때
침대에 누워 바다 빛깔의 벽을 보다가
공기 속에서 소금기를 느낀다.

위화, 『문학의 선율, 음악의 서술』
(문현선 옮김, 푸른숲, 2019)

'이 작가'는 누구일까? 위화는 안톤 체호프, 사뮈엘 베케트, 호르헤 루이스 보르헤스가 모두 좋아하는 작가일 거라고 말했다. "당신이 무인도에 갇히게 된다면 가져갈 책 세 권은 무엇입니까?"라는 질문에 대한 세계 유명 작가 196인의 답변을 실은 『무인도의 이상적 도서관』에도 이 작가와 대표작이 자주 언급된다. 그는 바로 『잃어버린 시간을 찾아서』를 쓴 마르셀 프루스트다. 위화는 '체호프의 기다림'이라는 장에서 프루스트를 언급한다. 프루스트는 바다에서 멀어졌을 때도 바다의 기운을 생생하게 되살려 내고 감상하고 즐길 줄 알았다. 위화는 말한다. "이것이야말로 삶의 즐거움이자 문학의 즐거움이다."

소설은 그래서 여행과 같다. 내가 모르는 삶을 향해 떠나고, 다시 나 자신에게 돌아온다. 여정이 끝나고 나면 나는 전과 다른 사람이 되어 있다. 그리고 다시 그 세계로 돌아가고 싶을 때는 책을 다시 펼치거나 그 책을 떠올린다. 여행 역시 그런 방식으로 몇 번이고 내 안에서 되살아난다. 내 방 침대 위에서, 샤워 도중에, 지겨운 회의 한가운데에서.

일상을 재발명하는 일. 내가 원하는 공간과 장소를 언제 어디서든 불러올 수 있는 경험을 쌓아 가는 일. 여행은 떠나는 것에서 끝나지 않고 일상을 살아가는 동안 끝없이 재해석되고 재생산된다. 마르셀 프루스트가 그랬던 것처럼.

열차 승강장으로 내려가기까지
3분 넘게 걸린다。세계에서
평양 지하철역들보다 더 깊은
역은 우크라이나 키예프
지하철의 아르세날나역뿐이다。

윌리 코발, 『우연히, 웨스 앤더슨』
(김희진 옮김, 웅진지식하우스, 2021)

044

『그랜드 부다페스트 호텔』, 『로얄 테넌바움』을 비롯한 웨스 앤더슨 감독의 영화는 그림책에서 튀어나온 듯한 색감으로 사랑받는다. 공간도 의상도 그렇다. 『우연히, 웨스 앤더슨』은 웨스 앤더슨의 영화에서 튀어나온 듯한 실제 장소의 사진들을 모은 책이다. 저마다 고유한 미감을 자랑하는 공간들이 웨스 앤더슨의 영화로 인해 '웨스 앤더슨 풍'이라는 카테고리로 묶이게 된 셈이다. 대표적으로 북한 평양의 '개선역'이 그렇다. 1973년경에 중국의 원조로 만들어진 지하철역의 사진이 펼침면으로 크게 실렸는데, 핑크와 블루, 실버, 블랙 컬러 조합의 지하철 역사와 군복을 입은 사람(아마도 직원인 듯한)의 모습이 눈길을 끈다.

책에 실린 장소 중에는 추억을 자극하는 곳도 많다. 일본 삿포로의 올림픽박물관이 대표적. 삿포로 동계올림픽 관련 기념물, 그중에서도 스키 컬렉션 사진이 실렸다. 겨울의 삿포로에서 스키는 생활 스포츠다. 주말 오전 지하철에는 스키를 가지고 타는 사람이 많고 역에는 당연하다는 듯 스키가 들어가는 크기의 코인락커가 있다. 눈이 매일 하염없이 내리니 스키를 타지 않으면 낭비처럼 느껴질 정도다. 홋카이도 겨울 여행은 폭설 때문에 기차 일정이 자주 어긋나고, 비행기가 제시간에 뜨거나 내리지 못하는 일도 비일비재하다. 아늑한 숙소에서 뜨거운 차를 마시며 창밖을 내다보면 눈이 펑펑 내린다. 눈 내리는 소리가 들릴 것만 같다. 밤의 바닥은 하얗고, 이대로 겨울이 끝나지 않을 것만 같다. 후끈거리는 여름밤이면 부채를 흔들며 삿포로의 겨울밤을 떠올린다.

《조건문으로 처리되지 않는
변수를 마주치면 다시 원점으로
돌아가라는 명령문이
고투문이야。그냥 다시 저기로
가라、그거지。》

강희영,『최단경로』
(문학동네, 2019)

이 소설의 제목은 말 그대로 한 지점에서 다른 지점까지 가는 가장 빠르고 효율적인 경로를 찾는 '최단경로 알고리즘'에서 따온 것이다. 지도에서 내 자리를 먼저 확인해야 했던 종이 지도와 달리 내 위치를 중심으로 지도를 재편해 보여 주는 스마트폰 지도 애플리케이션 시대에 '최단경로'라는 말은 낯설지 않다.

최단경로를 삶에 적용할 수도 있다. 우리는 가능한 한 시행착오 없이 원하는 곳에 가고자 한다. 외국어든 건강이든, 시간이 많이 걸리지 않는 특별한 비법이 있지 않을까 여기는 이들은 매번 비법이라는 말에 솔깃해한다. 하지만 시간이 쌓일수록 분명해진다. 최단경로가 아니라 기본을 지키며 필요한 것을 하나씩 해 나가야 한다. 처음에는 우회로처럼 보이는 방법이 결국은 목적지까지 가장 확실하게 갈 수 있게 해 준다. 건강에는 충분한 수면과 식이요법, 운동이 모두 필요하다. 균형 잡힌 삶에는 돈과 즐거움, 인간관계가 모두 필요하다. 뭔가 하나를 희생해서 최단경로로 목표를 달성할 수 있을지도 모르지만, 오래 지속되는 문제를 염두에 두어야 한다. 삶의 어려움.

그리고 때로는 길을 잃었을 때 내가 아는 첫 출발점으로 돌아가야 한다. 종종 삶이 벅찰 정도로 문제를 양산할 때 역시 원점으로 돌아갈 필요가 있다. 한없이 갑갑하게 느껴지는 상황에서 어딘가로 여행을 떠나 '환기'를 하려고 시도할 때가 있다. 하지만 어쩌면 일시적 환기가 아니라 원점이 어디인지 차분하게 찾아내 실타래를 다시 풀고자 노력해야 하는지도 모른다. 시간이 이미 흐른 뒤에 원점은 원점이 아니게 되어 버린다. 내가 지금 머무는 이곳이 원점이 된다. 그때 다시 시작하는 용기를 잃지 않기. 때로 여행은 답이 아니다.

《외국에 있었다고요!
오、 그 얘기 좀 해주세요。
여행 얘기는 언제 들어도
재미있거든요。》
조가 소리쳤다。

루이자 메이 올컷, 『작은 아씨들』
(강미경 옮김, 알에이치코리아, 2020)

내가 스몰토크에서 가장 많이 활용하는 화제는 여행이다. 남이 여행한 이야기가 좋다. 휴가철이 되면 "휴가 계획은 잡으셨나요?"로 대화를 시작하곤 한다. 친한 사람들, 여행을 좋아하는 사람들과 이야기할 때는 1년 내내 "여행 계획 없으세요?"로 시작한다. 아니면 가장 최근에 다녀온 여행 이야기나 언젠가 가 보고 싶은 곳에 대한 이야기를 한다. 시간을 할애해 어디든 다녀온 이야기를 나는 정말 좋아한다. 여행 이야기를 하는 사람들의 눈매가 느슨하게 풀리는 점도 좋다.

하지만 『작은 아씨들』의 조가 여행 이야기에 반색할 때 나는 그녀가 자신의 여행을 쉽게 상상하지 못한다는 사실을 눈치 챈다. 로리가 스위스 이야기를 하자 조는 "나도 그곳에 가 보고 싶어요!"라고 한다. 로리는 파리에도 다녀왔다. 조에게 로리는 가고 싶은 곳을 먼저 다녀온 사람이다. 로리가 열일곱 살은 되리라 예상했던 조는 그가 다음 달에 열여섯 살이 된다는 사실을 알고 탄식한다. 자기 또래였기 때문이다. "나도 대학에 갈 수 있으면 얼마나 좋을까! 그쪽은 대학에 가고 싶어 하지 않는 눈친데!"

남의 여행에 대해 듣기만 좋아하는 사람이 얼마나 될까. 떠나고 싶어 하는 사람이 여행 화제를 즐기는 건 당연하다. 지금은 조의 열정적인 반응에서 다소간의 체념을 느낀다. 숙모는 조 대신 고분고분한 에이미를 유럽 여행에 동반한다. 그 결과 조에게 실연당한 로리는 에이미와 결혼하게 된다. 그러거나 말거나 상관없다. 나는 알고 싶다. 소설이 끝난 이후 조는 자유롭게 살았을까. 여행을 했을까. 공부를 할 수 있었을까. 옛 소설 속 사랑하는 여자 주인공에게 내가 원하는 것.

여행은 어떤 여성들에게
모험과 자유의 기회를 제공한다。
하지만 정치적、 종교적 혹은
민족적 박해를 피하기 위해
집과 가족、 익숙한 모든 것을 버리고
여행길에 오르도록 강요받는
수많은 여성들 또한 있어 왔다。

매기 앤드루스, 재니스 로마스,
『100가지 물건으로 다시 쓰는 여성 세계사』
(홍승원 옮김, 웅진지식하우스, 2020)

여성의 이동은 모든 문화권에서 아주 오랫동안 심각하게 제약당해 왔다. 여성의 참정권, 이동권, 재산권은 역사가 아주 짧다. 여성이 이동한다는 건 그들이 속한 사회가 그만큼 심각한 위험에 처했다는 뜻일 때가 많았다. 지식을 구하기 위해 혹은 낯선 경험을 위해, 탐험이나 발견을 위해 혼자 먼 곳까지 떠날 수 있는 여성은 많지 않았다. 대신 전쟁과 추방이 여성을 고향에서 아주 먼 곳으로 떠나게 했다. 『100가지 물건으로 다시 쓰는 여성 세계사』는 여성의 이동권을 제한했던 역사를 알 수 있는 여러 물건을 소개하는데, 그중에 1841년에 180여 명의 여성이 만든 '라자 퀼트'가 있다. 미국이 세계의 패권을 쥐기 이전의 이야기다.

라자 퀼트는 크기가 가로 325센티미터, 세로 337센티미터인 조각보다. 『100가지 물건으로 다시 쓰는 여성 세계사』의 표현을 빌리면 "여성들이 끔찍한 상황에서도 숙련되고 예술적인 협동작업을 해낼 수 있다는 것을 보여 주는 사례"다. 라자 퀼트는 오스트레일리아로 떠나는 항해 중에 만들어졌다. 배에 탄 여성 다수가 어머니라, 추방당할 때 아이와 함께 갈지 혼자 갈지 고민이 더해졌다고 한다. 추방당해 고국을 떠나는 배에서 퀼트를 만들었던 여자들의 삶은 신대륙에서 더 나아졌을까. 해피엔딩이 그리 쉽지 않다는 사실은 잘 안다. 하지만 막막한 상황에서도 함께 무언가를 새로 만들어 낼 수 있었던 여성들인 만큼 쉽게 절망하지는 않았으리라 믿는다. 어떤 여행은 그렇게 편도로 끝나기도 했으리라. 어쩌면 기꺼이.

성차화된 상황은 여행지를
아주 달리 경험하게 한다。
누구에겐 낙원 같은 장소가
누구에겐 지옥의 장소가
될 수 있다。

류은숙,
『여자들은 다른 장소를 살아간다』
(낮은산, 2019)

048

"서울만큼 안전한 도시도 없어"라는 말은 반은 맞고 반은 틀리다. 카페에서 컴퓨터며 가방을 다 놓고 자리를 비우는 사람들이 있다. 누가 가져갈 수도 있다는 생각을 하면 그러지 못하리라(가장 놀라운 점은 애초에 남의 영업장에서 '자리를 맡아 놓고 비운다'는 개념 자체일 수도 있다). 늦은 시간(심지어 새벽)에 시내를 돌아다니거나 산책을 하거나 술을 마시며 노는 사람들도 흔히 볼 수 있다. 하지만 성범죄 이야기를 시작하면 이 모든 것은 애매해진다.

사무실이 홍대 중심가에 있을 때였는데, 한번은 새벽에 건물 로비에서 하의를 모두 벗은 젊은 여성을 발견한 적이 있다. 회사에서 다들 철야를 하던 터라 여자 동료가 하체를 가릴 수 있는 담요를 가져다주었다. 그리고 말을 걸어 보았는데, 전혀 알아들을 수 없는 말을 했다. 한국인인지 외국인인지, 술에 취했는지 다른 무엇에 취했는지 도통 알 수 없었다. 신발도 신지 않고 하체에 아무것도 걸치지 않은 채 주상복합건물의 사무실 층 엘리베이터 앞에 서 있던 여자에 대해 알 수 있는 정보는 없었다. 우리는 경찰에 신고하면서 여자 경찰을 보내 달라고 했고, 곧이어 여자 경찰이 와서 그 여자를 데려갔다. 무슨 일이 있었는지는 모르겠지만 그곳에 사는 사람은 아니었을 것이다. 혹시 여행 중이었을까. 훗날 버닝썬 사건 같은 걸 접하면서 전혀 의사소통이 되지 않았던 그 순간을 오싹한 마음으로 다시 떠올렸다. 그 여자는 무사히 집으로 돌아갔을까. 당신의 서울은 안전한가. 당신은 여행지에서 어느 정도까지 모험할 수 있나. 길 위에서 겪는 일이 여성에게는 때로 더 가혹하다.

기차가 한강철교를 건너자
오른쪽으로 남산타워가
보이기 시작했다。 그 풍경을
쳐다보는데、 문득 모든 게
분명해졌다。 거긴 타지이고、
나는 집을 떠난 여행자이니、
그 타워 아래에 있을 때
어디에 있든 나는 임시의 존재일
뿐이라는 사실이。

김연수, 『시절일기』
(레제, 2019)

049

소설가 김연수의 고향은 김천이다. 나는 김천에 가 본 적이 없지만, 이 책에 따르면 교통의 요지라고 한다. 그는 비둘기호마저 반짝반짝 빛나는 것 같았던 소년 시절을 떠올리며, 고교 시절의 꿈이 그 기차를 타고 고향을 떠나는 것이었다고 말한다. 서울에 있는 대학에 진학한 그는 고향에서 여름방학을 보내고 서울로 올라오던 8월 말의 저녁 풍경을 떠올린다.

김연수에게 서울은 타향이다. 그는 서울역으로 향하는 기차에서 남산타워를 봤다. 그에게는 그곳이 서울이었다. 남산타워는 거대한 눈동자처럼 이 도시를 살아가는 모든 이의 기쁨과 슬픔을 내려다보고 있었다. 슬픈 일이 생겼는데 갈 곳이 없어 남산타워에 갔다는 이야기로 끝을 맺는 이 글을 읽으며, 남산타워에 대해 깊이 생각해 본 적 없는 나조차 그와 같은 이유로—의지할 곳이 없어서—관광객처럼 터덜터덜 남산에 올라 여기저기 기웃거리다 열없이 사진을 찍곤 했던 시간을 떠올렸다. 한강철교가 떠남과 귀환이라면, 남산타워는 서울의 수호신 같은 인상으로 내 안에 자리하고 있는지도 모르겠다. 서울을 타향처럼 느끼고 싶을 때면 나 역시 남산타워에 오르곤 했던 것이다.

런던을 방문하기보다,
자기 집 벽난로 근처에서 쉬며
〈베데커〉(1907년판)에서
제공하는 대체 불가능한 정보들 읽기

050

조르주 페렉, 『공간의 종류들』
(김호영 옮김, 문학동네, 2019)

여행의 가장 큰 문제는 돈이 든다는 것이다. 나는 돈을 벌기 전에도 언제나 멀리 떠나고 싶었고, 그럴 때면 하염없이 여행 가이드북을 읽었다. 혹은 당시 아버지의 LD 컬렉션에서 낯선 도시를 찍은 LD를 보고 또 봤다. 내가 제일 좋아했던 도시는 샌프란시스코였다. 샌프란시스코는 십 대인 내게 꿈같은 도시였다. 바다가 있고, 언제나 찬란한 태양이 있었다. 그곳 사람들은 편견이 없고 자유롭다고 했다. LGBTQ라는 말을 알기도 전에, 히피라는 단어를 알기도 전에 나는 샌프란시스코에서는 하여튼 누구나 자기 자신일 수 있다고 배웠다. 내 선생님은 가이드북이었다.

조르주 페렉이 다른 도시도 아닌 런던을 "방문하기보다"라며 가이드북 베데커 읽기를 제시한 대목에서 나도 모르게 웃었다. 어쨌든 베데커에 따르면 여행하기 좋은 시기는 5, 6, 7월이다. 국회가 열리고, 상류사회 사람들이 도시에 머물고, 최고의 배우들이 유명 극장의 무대를 점령하며, 예술 전시회가 절정에 이른다. 나는 이 계절에 한 번도 런던을 여행한 적이 없다. 사계가 있는 나라라면 어디든 여행 경비가 가장 비싸게 든다. 여행하기 좋기 때문이다. 날씨는 대체로 온화하고, 그런 이유로 온갖 야외 행사가 열린다. 해는 점점 길어진다. 사람들의 옷이 가벼워진다. 그러니 여행 비용이 더 많이 드는 건 이상하지 않다. 나는 비수기 여행자다. 나의 여행 성수기는 11월부터 3월까지. 남들이 성수기라 부르는 시즌에 나는 여행지를 검색하고 다른 사람들의 여행 사진을 구경한다.

떠날 수 있는 날보다, 여행지에서의 시간보다 일해야 하고 돈을 벌어야 하고 집에 머물러야 하는 시간이 많은 나는 여행을 상상하는 법으로 따지면 달인이다. 낯선 도시의 건물이 귀퉁이에 걸린 하늘 사진 한 장만으로도 때로는 충분하다.

모든 출구는 다른 곳으로
들어가는 입구다.

—톰 스토파드, 극작가

샘 혼, 『오늘부터 딱 1년, 이기적으로 살기로 했다』
(이상원 옮김, 비즈니스북스, 2020)

2018년 가을, 나는 건강상의 문제로 출연하던 라디오를 모두 그만뒀다. 그해 겨울에는 출연하던 팟캐스트도 당분간 제작을 중단하기로 하고 모처럼 퇴근 이후 시간을 집에서 쉬면서 보냈다. 사실 뭘 할 수가 없었다. 조금만 뭘 하려 시도하면 금방 지쳐 버렸기 때문이다. 아픈 게 아니라 배터리 성능이 떨어진 듯했다. 집에서는 거의 잠만 잤다. 겨울 막바지에 컨디션이 다시 회복되었고, 새로운 일을 시작했다.

그 시기에 『교토의 밤 산책자』를 쓰기 위한 취재를 집중적으로 다녔다. 이전에도 자주 갔던 도시였지만 책을 핑계로, 건강을 핑계로 하루 종일 걸을 수 있는 코스를 짰고, 일정한 시간에 자고 일어나 하루를 보냈다.

건강 난조와 함께 인생이 내리막인지 평지인지 오르막인지 분간이 가지 않는 시간을 보냈다. 우울하지 않은 마음으로 세울 수 있는 계획은 여행 계획 정도였다. 돈을 낭비하는 게 아니라 취재를 하는 거라고 자위하면서.

내가 달라지는 순간을 여행하면서 알게 될 때가 자주 있다. 회사와 집을 오가는 생활에서는 매주 찾아오는 마감을 해치우느라 돌아볼 여력이 없기 때문이다. 혹은 너무 자주 울리는 카카오톡이 돌아볼 틈을 주지 않는다. 그 모든 것으로부터 거리를 두기 위해 집이 아닌 곳에서 시간을 보낸다. 인위적으로 출구를 만들고 바깥에서 본다. 운이 좋다면 길 위에서 입구를 발견할 수도 있다. 이와 유사한 표현이 멜린다 게이츠의 『누구도 멈출 수 없다』에 나온다. "당신 앞의 모든 벽이 문이 될 수 있다면." 벽에 문을 내기. 떠나기.

30년 전, 20년 전, 작년의
꽃놀이 자리에 함께했던 이름 모를
누군가와 왠지 모르게 계속 만나고
있는 누군가, 그리고 다시는 만나지
않을 사람 모두 그렇게 벚꽃의
그림자 뒤로 보일 듯 말 듯 숨바꼭질할
테니까 말이다.

가쿠타 미쓰요, 『좋아하는 마을에
볼일이 있습니다』(박선형 옮김, 샘터사, 2019)

052

좋았던 여행지는 다시 가고 싶어진다. 작은 문제가 있다면 그 여행지를 '누구에게 소개받았느냐'다. 예전에 사귀던 사람에게 소개받았든가, 오래전 연락이 끊긴 친구 혹은 세상을 떠난 지인에게 소개받은 여행지라면 어떨까. 누군가가 나를 데려갔던 곳에 다시 가고 싶을 때, 그때 그 사람이 아닌 사람과 함께 가는 경우는 흔하다. 그리고 여행지에서 옛 인연의 그림자가 벚나무 아래에서 하얗게 일렁이는 모습을 본다. 꽃무리처럼. 무서운 이야기는 아니다. 그저 사람의 일이 그렇다는 말이다.

좋았던 곳일수록 다시 가고 싶어진다. 좋아하는 사람과 함께 좋아하는 곳에 가고 싶다. 기쁨에 찬 그 사람의 얼굴을 보고 싶어서. 그런 마음으로 나를 데리고 여기저기 가는 사람에게는 더 쉽게 사랑에 빠진다. 당연하게도 가족은 '좋아하는 사람'의 첫손에 꼽히지만, 가족과는 생각한 것의 반의 반의 반의 반도 가지 않는다. 한편 가족과 갔던 곳에 다른 사람과 방문하면 그때 얘기를 반드시 하게 된다. 이번에 함께 간 사람이 애인이라면, 예전에 방문했던 일을 말할 때 어쩐지 형사에게 알리바이를 진술하는 용의자가 된 기분이 들기도 한다. 흔한 관광 명소가 아니라 숨은 명당자리를 재방문할 때는 그 장소를 알려 주었던 과거 인연에게 죄책감을 느끼기도 한다. 그러는 한편 머릿속에서는 우스울 정도로 아련한 옛 추억이 흑백영화처럼 영사된다. 여기에 나를 데려왔던 너는 줄곧 내 얼굴을 바라보고 있었지(넌 누구와 여기에 처음 왔던 거니?).

흰 눈을 떠올리고、
혼자 있을 수 있겠다고
생각하게 돼요。

053

토베 얀손,『두 손 가벼운 여행』
(안미란 옮김, 민음사, 2019)

무민 시리즈의 작가 토베 얀손의 소설집 『두 손 가벼운 여행』의 맨 처음에 실린 「편지 교환」은 아쓰미 다미코라는 열세 살짜리 일본 소녀가 토베 얀손에게 보낸 편지글을 모은 형식의 소설이다. 다미코는 꿈이 많다. 다미코가 쓴 첫 번째 편지에서 내가 가장 좋아하는 구절은 다미코가 토베 얀손의 책을 좋아해서 모든 책을 한 번씩 더 읽는다고 한 뒤 "흰 눈을 떠올리고, 혼자 있을 수 있겠다고 생각하게 돼요"라고 말하는 부분이다. 여행도 책도 나를 가장 혼자일 수 있게 한다. '혼자일 수 있게 한다'는 말은 나를 외롭게 두지 않는다는 뜻이다. '할 수 있을까'라는 생각에서 뱅뱅 도는 대신 '해 보자'라는 쪽으로 방향을 틀게 만든다.

다미코의 편지를 보면 얀손이 답장을 보낸 듯하다. 다미코는 돈을 모았고 여행 장학금도 받을 것 같다면서, 몇 월이 가장 아름답고 "우리가 만나기에 좋을까요?"라고 묻는다. 그에 대한 답장은 아마도 거절이었던 듯하다. "작가는 책 속에서 만나야 한다는 건 아름다운 생각이에요"라고 적어 보낸 편지에 '유일하게' 보낸 사람 이름이 '다미코'가 아니라 '아쓰미 다미코'라고 되어 있다. 평소 이름만 부르던 사이에서 풀네임을 쓰는 것은 늘 약간의 무게감을 동반한다.

그런데 다미코, 나는 얀손의 말이 맞다고 생각해. 글은 그 사람이 아니야. 글은 사람 대신 먼 곳까지 이동하는, '여행하는 생각'이지. 글을 사랑하는 마음은 그 자체로 부족함이 없어. 꼭 만나야 글을 이해할 수 있는 건 아니야. 너는 이미 알아야 할 모든 것을, 토베 얀손의 글을 읽어 알고 있어.

작가는 책 속에서 만나야 해. 그게 이 여행의 가장 멋지고도 특별한 부분이야.

《여행 가방에는 반드시
빈 공간을 많이 남겨 둬라.》

그레첸 루빈 외, 『루틴의 힘』
(정지호 옮김, 부키, 2020)

054

행복에 관한 고대의 지혜, 과학적 연구 성과, 대중적 교훈을 자신의 경험으로 풀어낸 책을 연이어 집필한 그레첸 루빈은 『루틴의 힘』에서 좋아하는 일일수록 자주 실천하라고 말한다. 매일 하면 감각을 유지할 수 있고, 습관이 붙으면 독창성은 물론 성취도도 높아진다고. 루빈은 자라면서 주워들은 교훈을 모아 '어른의 비밀'이라는 긴 목록을 만들었는데, 그중 "내가 매일 하는 일이 가끔 하는 일보다 더 중요하다"라는 말이 그에게 가장 유용했다고 한다. 나 역시 이 말에 크게 원을 그리고 밑줄을 그었지만, '어른의 비밀' 목록에는 내가 이미 실행에 옮긴 항목이 있었으니 바로 "여행 가방에는 반드시 빈 공간을 많이 남겨 둬라"다.

여행에 얼마나 능숙한가에 따라 짐 싸는 방식이 달라진다. 처음에는 모든 돌발 상황에 대비해 모든 주머니를 가득 채워 떠났다. 하지만 요즘에는 최소한의 물건만 챙긴다. 짐이 내 불안을 형상화한 방식으로 끝없이 거대해지지 않도록 노력한다.

나는 걱정이 많은 사람이고, 걱정에 짓눌려 죽을 것 같을 때 가방을 텅 비워 어디로든 떠난다. 결과적으로는 무슨 일이 생겨도 괜찮다는 낙관이 있어야 가방을 비울 수 있었다. 걱정은 숙소에 두고 일단 나선다. 여행을 느긋하게 하려면 집에 있을 때의 나도 단단해야 한다. 여행 가방 속 빈 공간에 불안도 강박도 느끼지 않으려면 매일의 내가 건강해야 한다. 방법은 그 하나뿐이다.

공항은 이상한 장소다。장소와
장소를 연결하는 일종의 통로이면서
동시에 머무를 수 있는 장소이다。
공항을 거치고 나면 우리는 완전히
다른 시간대、다른 날씨、다른 공간에
떨어지는데 그런 이상한 변화를
평범하고 일상적인 일들처럼
만들어준다는 면에서 공항은 특별한
장소다。

정은, 『커피와 담배』
(시간의흐름, 2020)

055

공항에 놀러 가곤 했다. 떠나고 싶은데 돈이 없어서였다. 이륙하는 비행기를, 떠나거나 돌아오는 사람들을 하염없이 보곤 했다. 내가 아무리 여행을 좋아한들 떠나 있는 시간보다 집에 있는 시간이 많을 수밖에 없었고, '이곳'의 시간을 견디기 어려울수록 어딘가 다른 곳에 있기를 바랐다. 공항에서 세상에 이렇게 많은 비행기가 뜨고 내리는데 왜 내가 탈 비행기는 없나 생각했다. 강변북로나 올림픽대로를 달리며 강변의 아파트 단지를 보고 '이렇게 아파트가 많은데 왜 내 집 한 채가 없나' 생각한 것처럼. 비행기표 없이 향했던 공항에서 보낸 시간을 떠올릴 때마다 그때 내가 얼마나 못 견디게 고통스럽다고 생각하며 매일을 살았나, 어떻게 그날들을 버텼나 놀라곤 한다. 이제 나는 공항에 가지 않는다. 물론 시간이 없어서이기도 하지만, 혼자 사는 집이 생긴 게 가장 큰 이유다. 그래도 가끔 생각한다. 친구에게 "또?"라는 말을 들으며 종로에서 공항버스를 타고 친구 어머니가 삶아 준 옥수수를 먹으며 창밖을 보던 때를. 김포는 온통 논이었고, 가을이면 추수를 앞둔 벼가 고개를 숙인 모습이 장관이었다. 그런 광경에 시선을 두고 꿈과 희망을 말하는 것 말고는 아무것도 없던 때.

정은 작가의 글을 읽으며 나는 그 절박했던 기억에 더해, 아마도 씻고 쉬기 위해 공항에 들어온 듯한 행색이 깔끔한 노숙자들을 봤던 기억을 떠올린다. 겹쳐 입은 옷, 태그는 없지만 지저분하고 꽉 찬 천으로 된 슈트케이스, 퉁퉁 부은 발목. 기차역은 도심에 있어도 도시의 말단 같은 공간이라 노숙자가 모인다고 했던가. 시내에 있는 공항도 같은 역할을 한다. 집이 있다면 집에서 했을 일을 하려고 모인 사람들에게 공항은 일상의 공간일 것이다. 간섭하는 수많은 시선하에 놓인.

한 호텔에 서너 주일 이상
머물 경우、우리는 어떤 식으로든
한 번쯤 방해를 받으리란 점을
예상해야만 한다。

헤르만 헤세, 『최초의 모험』
(이인웅 옮김, 홍시, 2020)

056

호캉스가 아무리 인기라지만 호캉스를 위해 호텔에 서너 주 이상 머무는 사람은 없다. 서너 주 이상이라면 호텔을 '집'으로 쓰는 사람이라 봐야 하지 않을까. 헤르만 헤세의 산문을 묶은 『최초의 모험』에서 그는 호텔에서 장기 투숙할 때 방해받는 이유로 호텔 결혼식, 다른 투숙객의 자살 시도(가스 혹은 권총을 사용한), 수도관 고장이나 지붕 수리 등을 꼽았다. 그리고 자신은 누구의 방해도 없는 하일리겐호프 여관에 묵고 있다고 적었다.

자랑인가?

나는 가족과 함께 살 때 여행을 좋아하게 된 계기가 공항이 좋아서인지 호텔이 좋아서인지 종종 생각하곤 했다. 그때는 비행기와 기차를 포함한 탈것을 좋아했고, 생활감 없는 호텔이라는 공간이 좋았다. 가족과 함께 집에서 보내는 시간이 갑갑하다고 느낄 때가 많았지만 독립하기에는 금전적 여유가 없었기에 여행지에서는 호텔에서 혼자 시간을 보내는 것을 좋아했다. 방이 좁더라도 일행이 없는 편이 늘 더 좋았다. 좋은 집을 갖는 것보다 좋은 호텔에 머무는 게 더 쉽다. 헤르만 헤세처럼 서너 주 이상 머물지는 못하겠지만.

여행도 일상도 다 돈 문제다. 원하는 대로 하지 못해 늘 절충을 하게 된다. 일상이 잘 굴러가도록 여행이라는 숨구멍을 습관적으로 뚫어 온 나에게 코로나19는 거의 재앙에 가깝다. 그래도 일요일인 오늘은 집에서 꼼짝 않는다. 언젠간 끝나겠지.

여행이 우리를 떠났다。

057

아시아나항공 광고

우리는 여행'을' 떠난다. 여행은 그 자체로 목적이 되는 행위다. 우리는 어디로든 여행을 떠날 수 있다. 그런 여행이 우리를 떠났다. 여행은 어디로 갔을까.

2020년 설 연휴에 가족 여행을 다녀온 뒤 나는 늘 그랬듯 가족 여행으로 쌓인 긴장을 푼다는 명목으로 혼자 짧은 주말여행을 다녀왔다. 그리고 놀랍게도 상반기 내내 아무 곳도 가지 않았는데 아무렇지도 않았다. 마치 원래 주말에는 집에서 잠이나 자던 사람처럼 자연스럽게 집을 어지럽히는 데 온 힘을 쏟으며 보냈다. 그러다 여행을 못 가서 마음의 건강이 위험에 처했다고 느낀 때가 8월 15일 광복절 집회를 전후해 코로나19 확진자가 세 자릿수를 돌파하고 사회적 거리 두기 2.5단계가 시행된 시점이었다. 집에 혼자 있기로 따지면 몇 달 전과 다를 바 없었지만, '이렇게 언제까지고 반복되는구나'를 깨달은 순간 걷잡을 수 없이 우울해졌다. 운동도 가지 못했다. 이동할 수 없는 세상은 아, 뭐라고 해야 하지. 사회적 죽음을 닮았다고 하면 과장이겠지만, 8월 말에는 딱 그렇게 세상의 문이 닫히는 듯했다. 여행이 우리를 떠나도 삶을 멈출 수는 없다. 여행이 일상이던 시기를 지나, 여행이 불가능한 꿈이 된 시기를 지나 시간은 흐른다.

《너한테 다른 계획이 있을지도
모르겠는데, 우리하고 태평양을
횡단하는 건 어때?》

크리스토퍼 샤흐트,
『신나게 걸어봐 인생은 멋진 거니까』
(최린 옮김, 오후의서재, 2020)

058

『신나게 걸어봐 인생은 멋진 거니까』의 부제는 '19살 단돈 50유로로 떠난 4년 6개월간의 여행이 알려준 것'이다. 크리스토퍼 샤흐트는 가지런한 이를 드러내며 활짝 웃을 줄 아는 금발의 백인 독일 남자다. 이 책에 실린 여행 이야기는 부제처럼 멋진데, 나도 이런 여행을 해 볼 수 있을까 하는 기대는 전혀 하지 않는다. 다른 여성에게 권하기도 어렵다고 느낀다. 유색인종 남성 역시 크게 다르지 않으리라 생각한다.

샤흐트는 "우리하고 태평양을 횡단하는 건 어때?"라고 물은 남자들의 배에 탄다. 여행 내내 이런 타인의 호의에 기대고, 모험은 한없이 즐거워진다. 샤흐트가 한국에 온 대목에서 나는 쓴웃음을 짓고 말았다. 한국에는 살인이나 강도도 드물고 테러나 마약은 거의 없다는 확신에 찬 문장에서. 북한에서 쏘아 올리는 미사일 말고는 두려워할 게 없다고 말하는 샤흐트는 모른다. 한국인은 북한에서 뭘 쏘아 올리든 크게 동요하지 않는다. 북한의 도발이 뉴스에 오르든 말든 주가는 꼼짝하지 않고 마트에서 사재기를 하는 사람도 없다. 하지만 샤흐트가 스무 살 안팎의 여자였다면 호의에 기댔다 무슨 일을 당할지 알 수 없다. 그는 처음 만난 한국인 가족과 어울리고 함께 부산에 방문한다. 여행 중에 만난 한국 여성에게 연락해 영어 선생을 구한다는 제안이 유효한지 물어보았다 이제는 구하지 않는다는 답을 듣지만, 대신 광고모델 일을 제안받는다. 그에게 한국은 이렇게 안전하고 좋은 나라다. 당신의 한국은 어떠한가.

누구도 같은 나라를 여행하지 않는다. 피부색과 성별, 나이, 건강 상태 등에 따라 다른 대우를 경험한다. 샤흐트가 경험한 한국은 정말 멋진 나라였다. 책을 읽으며 나도 샤흐트의 한국을 여행하고 싶었다. 하지만 그럴 수 없다는 것도 안다.

구정 연휴, 나는 구식
샘소나이트 여행 가방에
몇 군데에서 받은 영화상
트로피들을 넣었다.

이경미, 『잘돼가? 무엇이든』
(아르테, 2018)

059

슈트케이스는 어떻게 골라야 할까. 여행을 자주 다니며 여러 개의 슈트케이스를 사용해 본 바, 첫째는 튼튼해야 하고 둘째는 이동하기 편해야 한다. 그런데 여행을 다니다 보면 눈에도 잘 띄어야 한다! 나는 베를린 공항에서 다른 사람의 슈트케이스를 내 것과 헷갈린 적도 있고, 샌프란시스코에서는 다른 사람이 내 슈트케이스를 가져간 것을 알고 공항 직원과 찾으러 간 적도 있다. 공항에 가 보면 블랙이나 실버 컬러, 유명한 브랜드의 '무난한' 슈트케이스가 숱하게 많다. 심지어 슈트케이스를 빌려서 쓰는 사람도 많아서 자기 가방을 못 알아보는 경우도 허다하다.

도쿄 출장을 함께 간 동료는 자기 가방과 비슷한 가방이 너무 많고(천으로 된 검정색 큰 가방) 자기 가방의 디테일한 특징을 전혀 모른다는 사실(집에 있는 가족 가방을 빌려 온 터라)을 타국 공항의 짐 찾는 곳에서 알게 되었다. 그래서 어떤 일이 벌어졌을까. 자기 가방이라고 추정되는 가방이 나오면 열어 보기 시작했다. 열쇠로 잠긴 것은 확실히 자기 것이 아니니 안 잠긴 것을 일일이 열어 보았던 것이다.

사람들이 수상하다는 눈길로 동료를 볼 때마다 나는 한 발짝씩 멀리 떨어졌다.

그 정원에는 언제나 봄이、
여름이、 가을이、 겨울이 있다。
개인의 사유지가 만들어낼 수 있는
쾌락과 여유、
호화로움과 소박함이 있다。

060

이다혜, 『교토의 밤 산책자』
(한겨레출판, 2019)

가끔 아주 운이 좋으면 돈으로는 통행권을 얻을 수 없는 장소에 가게 되기도 한다. 언젠가 칸영화제에 출장을 갔을 때 일이다. 칸 중심가에서 차로 20분 정도 해안도로를 따라 가야 하는 저택에서 인터뷰가 있었다. 물론 우리에게 허용된 공간은 저택 본관이 아니라 바닷가를 따라 설치한 천막이었다. 여러 천막에 배우들이 한 사람씩 대기하고 있었다. 인터뷰를 마치고 돌아가기 위해 빠져나오다 길을 잘못 들었는데, 그곳까지도 저택의 일부임을 알았다. 집 안에는 당연히 들어갈 엄두도 내지 못했지만 정원을 면한 저택의 전면을 한참 구경했던 기억이 난다.

여행을 다닐 때 도시에서 가장 유명한 박물관도 볼만하지만, 부유했던 수집가의 집이나 수도원 같은 장소를 개조한 작은 미술관이나 박물관을 구경하는 재미도 엄청나다. 피렌체의 산마르코 수도원이나 뉴욕의 클로이스터 뮤지엄이 대표적. '오픈하우스 서울'이라는 연례행사는 서울의 여러 건축물 안에 들어가 볼 수 있는 기회를 제공하는데, 사유 건물이 다수 포함되어 있다. 공공장소가 갖는 '열린' 구조의 아름다움만큼이나 사유 혹은 특수 공간이 지닌 기능, 취향, '닫힌' 구조의 차분함이 마음을 흔든다. 남의 집 구경, 여행의 또 다른 재미.

인생을 풍요롭게 하는 여행은
꼭 선 여행만이 아니라
점 여행이기도 하리라。

061

이도우,『밤은 이야기하기 좋은 시간이니까요』(위즈덤하우스, 2020)

비행기 기내지를 볼 기회가 있을 때마다 권말의 '취항 노선 지도'를 유심히 보곤 했다. 기항지를 향해 뻗은 부드러운 곡선이 지도 위를 채운 모습을. 인천에서 남미는 멀다. 하지만 곡선을 따라 손가락을 움직이면 제법 갈 만한 거리로 보이기도 했다. 어쩌면 이 선의 반대쪽 끝에 있는 도시에서 몇 달 혹은 몇 년 혹은 죽을 때까지 살 수도 있을지 모른다는 상상을 하면 공연히 두려운 마음이 들기도 했다.

만사에 걱정이 많은 나는 100세 시대에 걸맞은 인생 이모작 프로젝트에 도움이 될까 해서 사주명리학을 배운 적이 있다. 나는 '해석' 능력이 제법 괜찮은 편이었지만, 남의 인생에 이래라저래라 상담하는 것이 '고나리질'처럼 느껴져 적성에 도저히 안 맞을 것 같아 포기했다. 다만 그때 동양철학의 세계관(음양오행을 중심으로)을 요약판으로 익혔다고 생각하는데, 여하튼 명리학에 따르면 내 팔자(여덟 글자라는 뜻이다) 중에서 역마가 세 글자였다(최대 네 글자). 심지어 세 글자는 붙어 있고, 그중 두 글자가 나란히 붙은 불이라 주변을 활활 불사르는 형세였다. 나는 선생님에게 "지금이라도 외국에 가서 살아야 할까요?" 물었고, 선생님의 해석인즉 "이렇게 불기운의 역마 둘이 붙어서 그 위의 불과 상승작용을 일으킬 정도면 활동성이 극대화된 역마로, 이런 것은 사람이 아니라 생각이 움직이는 것이다. 앉은 자리에서 지구를 한 바퀴 돈다는 뜻이다. 상상하는 힘으로 산다는 뜻이다"였다. 그 해석이 마음에 들었다. 글을 읽고 쓰는 사람에게 가장 활동적인 점이 된다는 말만 한 격려는 없을 것이다. 쓰고 나니 어쩐지 정신 승리처럼 보이네.

퍼시픽 크레스트 트레일,
즉 PCT란 캘리포니아 주 멕시코
국경에서 시작해 캐나다 국경
너머까지 아홉 개의 산맥을 따라
펼쳐지는 도보여행 길이었다.

062

셰릴 스트레이드, 『와일드』
(우진하 옮김, 나무의철학, 2012)

리스 위더스푼 주연의 영화로도 만들어진 셰릴 스트레이드의 『와일드』는 스물여섯 살이던 셰릴이 아버지의 학대, 어머니의 죽음, 이혼, 약물중독, 모르는 사람과 섹스를 하던 나날을 과감하게 끊어 내는 시도로 PCT를 두 발로 걸었던 실화를 담은 책이다. 퍼시픽 크레스트 트레일은 미국 서부의 멕시코 국경에서 캐나다 국경까지 이르는 4,285킬로미터에 달하는 길이다. 길 위에서 셰릴은 등에 짊어진 배낭과 단둘이다. 아홉 개의 산맥, 사막, 황무지, 인디언 부족의 땅, 낯선 사람들. 셰릴은 1995년에 PCT를 걸었고, 책은 2012년에 출간되었다. 그 사이에 놓인 17년은 여행 전과 완전히 다른 삶을 계획하고 살아간 시간이었다. 여행 한 번으로 극적인 반전은 오지 않는다. 아마도 그 17년의 시간이 의미하는 신중함이 내가 이 책을 사랑하는 이유일지 모르겠다.

산티아고 순례길에 관한 책이 참 많다. 시코쿠 헨로미치도 그렇지만 장거리 도보 여행은 순례로 불리곤 하며, 그 경로를 걸어 본 사람은 길 위에서 깨달은 바를 글로 옮기고 싶어 한다. 혼자 걷는 사람은 자신과 오랜 시간을 보내게 된다. 그 시간을 통해 얻은 깨달음은 그를 완전히 바꿔 버리곤 한다. 그런데 그런 깨달음을 삶으로 옮기기는 쉽지 않다. 가장 어려운 수행은 일상을 새로운 마음으로 매일매일 살아가는 일이다. 이상적인 장소에서는 불가능이란 없어 보이지만, 현실은 어떤가. 그렇다고 떠남이 무용하다는 말은 아니다. 혼자 나 자신과 지내 본다. 회의하고 절망했던 외부의 모든 것으로부터 시선을 돌려 내 안에서 고칠 수 있는 것을 들여다본다. 언제나 제자리인 것 같은데, 열심히 발걸음을 놀리면 어느새 멀리 와 있다. 그걸 잊지 말고 오늘도 걸으면 된다.

돌연 우리는 진정한 여행을 시작했다
우리 자신을 알지 못했던 그 나라로

후아나 비뇨치,
「사람들은 언제나 홀로 여행한다」,
『세상의 법, 당신의 법』
(구유 옮김, 읻다, 2020)

063

낯선 장소에서는 나도 나 자신에게 낯선 사람이 되곤 한다. 자주 있는 일은 아니지만. 내게 가장 낯선 나는 '사교적인 사람'의 얼굴을 하고 있다. 작은 것에 쉽게 행복해지고 그 감정을 잘 숨기지 않는. 왠지 남의 것처럼 느껴졌던 마음의 유연함이 거기 깃든다. 시한부로. 여행이 끝날 것을 알기에 나는 약간 더 무리하기로 한다. 여행할 때 나는 조금은 더 선한 사람이 되는 것일까. 후아나 비뇨치의 시 「사람들은 언제나 홀로 여행한다」는 제목과 달리 '우리'로 시작한다. 어느 순간 홀로 남아 그리워하게 되는 것이다. 혼자가 아니던 시간을. 함께일 때 달랐던 나 자신을 떠올린다.

여행이 끝날 때는 낙원에서 쫓겨난 기분인데, 이는 반쯤 안도감을 닮았다. 불퉁한 내가 나에게는 더 편해서.

발로 세계를 재면 거리는
전적으로 달라진다。
1킬로미터는 꽤 먼 길이고、
2킬로미터는 상당한 길이며、
10킬로미터는 엄청난 길이며、
50킬로미터는 더 이상
실감할 수 있는 거리가 아니다。

064

빌 브라이슨,『나를 부르는 숲』
(홍은택 옮김, 까치, 2018)

『나를 부르는 숲』은 여행을 떠나 보면 인생을 알게 될 거라는 식의 힐링 책과는 거리가 있다. 집 앞에 길이 있어 떠나기로 한 수다스럽고 불평불만 많은 중년 남자와 그 친구는 기차 화통처럼 거칠게 숨을 내뱉었다. 길에서 만난 다른 여행객이 깨달음을 주느냐 하면 꼭 그렇지도 않았다. 이들은 종주에 실패했을 뿐 아니라 절반도 채 걷지 못하고 돌아온다. 빌 브라이슨은 종주에 실패한 이야기로 『뉴욕 타임스』 베스트셀러에 3년 연속 이름을 올린 것이다. 그런데 생각해 보면 이것이야말로 평범한 사람들에게 필요한 종주담인지 모른다. 무모해 보이는 목표에 도전했고, 실패했지만 충분히 즐거웠다는 이야기 말이다. 그러니 당신도 한번 도전해 보라. 중간에 포기한대도 도전했다는 사실은 빛바래지 않는 법이다.

유튜브 크리에이터 박막례 할머니 말을 빌려 본다. "실패가 뭔지 아냐? 시도했다는 증거야." 박막례 할머니 채널을 운영하는 김유라 PD도 인스타그램에 "'밑져야 경험'이 되어야 시작이 두렵지 않습니다."라고 썼다.

《실은 영화 연구부가 여름방학 때
재미있을 것 같은 합숙을
한다는 말을 들었거든。》
나는 그런 동아리가 있는 줄도 몰랐다。
《펜션을 전세 내서
심령 영상을 찍는대。》

065

이마무라 마사히로, 『시인장의 살인』
(김은모 옮김, 엘릭시르, 2018)

여행지에 도착해서 "완전 『소년탐정 김전일』 같다"고 일행과 웅성거릴 때가 있다. 『소년탐정 김전일』 대신 『명탐정 코난』이 들어갈 수도 있고, 유사품으로 『나는 네가 지난여름에 한 일을 알고 있다』가 있다. 유달리 한적한 바닷가(휴가철이 끝나서), 투숙객이 우리뿐인 적막한 산장(평일이라서), 갑자기 쳐들어오듯 발생하는 정전(여름 전력량 과부하), 근처를 배회하는 수상해 보이는 사람(산책 중인 주민) 등이 상상력을 자극한다. 좀처럼 쉬지 않는 떠들썩한 젊은이던 때, '무리'에 속해 있다는 객기로 참 쓸데없는 짓을 많이 했다. 공포 체험도 그중 하나이며, 한방에 모여 최후의 1인이 남을 때까지 술 마시기도 빼놓을 수 없다. 최후까지(본인은 술에 취하지 않았다고 주장하지만 실은 만취했다) 남은 4인쯤 되었을 때 나눈 무서운 이야기도 웃기는 이야기도 전혀 기억나지 않는다. 진저리나게 무섭고 배가 아프도록 웃겼다는 정도만 기억날 뿐. 예를 들어 보겠다.

친구들과 등산을 갔다 밤에 '여기와 똑같은' 작은 산장의 방을 빌렸다. 심심하니까 넷이 방 구석마다 한 명씩 앉아서 옆 사람에게 귓속말 전달하기 게임을 했다. 술에 취해 게임 방식은 기억나지 않았지만 대충 그랬다. 밤새 재미있게 놀고 아침에 일어나서 생각해 보니 일행은 셋뿐이었다. 네 번째 일행은 어디서 왔을까?

전후를 살피면 앞뒤가 잘 맞지 않는 수상쩍은 이야기지만 분위기 때문에 다들 비명을 지른다. 그냥 집에서 할 수 없는 방식으로 잔뜩 시끄럽게 구는 게 좋았을 뿐인지도 모른다.

제아무리 고상한 목 위로 머리를
꼿꼿하게 세우고 있다 할지라도、
역사학자는 다리 위에 있는 저 여자의
고요함이나 티 없이 맑은 순수함을
따라잡을 수 없는 법이다。 저기 서 있는
여자는 오직 한 시대에서만 자라날 수
있는、 빅토리아 시대 후기의 선택된
온실 환경에서만 살아남을 수 있도록
적응한 섬세한 꽃과 같았다。

066

코니 윌리스, 『개는 말할 것도 없고1』
(최용준 옮김, 아작, 2018)

책을 좋아하는 사람이라면 여행을 갈 때 어떤 책을 가져갈지 짐을 싸기 약 두 달 전부터 고민을 시작하기 마련이며 나 역시 그랬다. 재미있어 보이는 책일수록 일부러 아껴 두는데, 그런 책이 『개는 말할 것도 없고』였다. 여객기 기종을 연상시키는 745쪽짜리 두꺼운 하드커버. 싱가포르 창이 공항에서 7시간의 무료함을 달래기 위해 읽기 시작한 이 책은 나의 가장 사랑스러운 애장품이 되었다. 밥도 먹지 않고 앉은자리에서 꼼짝도 않고(않은 채) 끝까지 읽었다.

시간 여행 SF 로맨스쯤으로 설명하면 되려나. 나는 무엇을 읽는지도 모른 채 코니 윌리스의 끝내주는 이야기에 몸을 맡겼다. 이 글을 쓰면서 다시 읽으려니 그새 허리와 엉덩이의 힘이 변변찮아져 대여섯 번을 끊고 어깨를 풀며 물을 마시고 트위터를 검색해야 했다. 그러다 여러 가지를 재발견했는데, 도입부가 전과는 다르게 읽혔다.

현대 여성의 눈으로 본 과거는 낭만적이기만 할 수 없다. 혼자 잘난 척하며 여성의 아름다움에 대해 코멘트를 날리던 남자 주인공의 허술함과 어리석음이 드러나기 시작했을 때 어찌나 웃었던지. 어떤 여자도 꽃이 되기 위해 태어나지 않았다. 다시 읽어 보니 시간 여행은 도저히 안 되겠다. 역사 속 여성들처럼 살아야 한다면, 나는 왕이 될 수 있다 해도 거절하겠다.

어쩌면 여기에 다시 오지
못할 것이다。 언제든 갈 수
있어서 두 번은 가보지 못하는
다른 많은 장소처럼。

최은미, 「11월행」, 『나의 할머니에게』
(다산책방, 2020)

소설을 쓰는 동안 일운 스님의 사찰 음식 책을 자주 펼쳐 보았다는 최은미 작가는 여자 삼대 이야기를 썼다. 전부 다른 성을 가진 세 여자. 규옥은 은형을 낳았고, 은형은 하은을 낳았으니 그렇게 된다. 세 사람은 11월에 1박 2일로 수덕사 템플스테이를 간다. 줄거리는 그게 전부다. 소설은 은형의 시점으로 진행되는데, 템플스테이에는 대단한 유흥거리나 관심을 빼앗길 만한 거리가 없기 때문에 은형은 딸과 어머니, 특히 어머니 규옥을 계속 보게 된다. 같은 방에서 자며 규옥이 끙끙 앓는 소리를 듣기도 하고, 어릴 적 부모님의 결혼사진을 포장해 선물하려다 접은 일도 떠올린다. 집에서 차로 2시간이면 오는 곳이지만, 규옥도 은형도 알고 있다. "어쩌면 여기에 다시 오지 못할 것이다. 언제든 갈 수 있어서 두 번은 가보지 못하는 다른 많은 장소처럼." 지금 은형이 규옥을 보며 느끼는 것과 비슷하면서도 다른 애상을 언젠가 하은도 은형을 보며 느끼겠지.

언제나 갈 수 있어서 두 번은 가 보지 못한다는 말은 가족 여행지에 대체로 들어맞는다. 여럿이 움직이니 장기간으로 큰돈을 들여 떠나기는 어렵고, 어르신이 계시다면 근거리가 좋다. 그러니 언제든 다시 갈 수 있을 것 같지만 '다시'라는 말에 묻어 있는 '우리 다 함께'라는 뜻에 부합하기는 쉽지 않다. 누군가가 멀리 이사한다. 누군가가 바빠진다. 누군가가 아프다. 누군가가 죽는다. 하염없이 이런 생각에 잠길 때가 있다. 특별할 것 없는 서울 근교 식당에서 가족과 먹었던 한여름의 초계탕. 한집에 살아서 언젠가 갈 수 있으리라 생각했지만 단 한 번도 가 보지 못한 외할머니와 엄마와 나 셋의 국내 여행. 그렇게 사라진 수많은 '언젠가'라는 약속.

놀랍게도 브리튼은 피어스와 함께
액설존슨호를 타고 런던으로
향하는 동안 곡 전체를 처음부터
다시 오선지에 옮겨 적었다。

068

클레먼시 버턴힐,『1일 1클래식 1기쁨』
(김재용 옮김, 윌북, 2020)

음악의 수호성인인 체칠리아 성녀의 축일은 11월 22일이다. 이날은 벤저민 브리튼의 생일이기도 한데, 그는 이날을 기념해 친구인 시인 W. H. 오든에게 받은 시를 합창곡의 가사로 한 작품을 썼다. 브리튼은 연인인 테너 피터 피어스와 1939년 4월 미국으로 여행을 떠났는데, 제2차세계대전이 발발하는 바람에 미국에 머무르며 활동을 이어 갔다. 3년이 지나 영국으로 돌아가려는 두 사람의 짐에서 미국 세관원이 브리튼의 악보들을 암호 문서로 의심해 압수했다. 거기에 「성녀 체칠리아 찬가」도 포함되어 있었다. 브리튼은 런던으로 돌아가는 배에서 곡 전체를 처음부터 다시 적기 시작했다. 그리고 브리튼의 스물아홉 번째 생일이자 체칠리아 성녀의 축일인 1942년 11월 22일 BBC에서 처음으로 「성녀 체칠리아 찬가」가 방송되었다. 하루에 클래식 한 곡을 소개하는 『1일 1클래식 1기쁨』에 실린 11월 22일자 곡에 얽힌 사연이다.

먼 곳까지 가려면 탈것에 오래 갇혀 있어야 한다. 당장은 밖으로 나갈 수 없다. 갇힌 채로 먼 곳까지 여행할 때 유용한 방법. 상상하고 창작하라.

비행기에서, 기차에서, 자동차에서 갑자기 쏟아져 나오는 생각을 서둘러 메모하면서(나는 뱃멀미를 해서 배에서는 글자를 보지 못한다) 왜 탈것으로 이동할 때 좋은 생각이 잘 떠오를까 궁금해졌다. 어쩌면 곧 내릴 예정이기 때문은 아닐까? 마감이 급박할 때 일의 능률이 오르듯. 이상은 마감이 닥쳐 오늘도 글을 쓰는 사람으로서 한 말이다.

우리는 옥스퍼드에서
아테네까지 여행했던 얘기를
했다。 그러나 행복한 결말이란
존재하지 않는다。 왜냐하면 행복하다면
아직 끝난 게 아니기 때문이다。
커비는 일흔여섯 살이던 2008년
암으로 사망했다。

도널드 홀, 『죽는 것보다 늙는 게 걱정인』
(조현욱·최희봉 옮김, 동아시아, 2020)

도널드 홀은 스물네 살 때 스물한 살인 커비와 결혼해 15년을 함께 살고 1967년 이혼했다. "우리가 이혼한 것은 결혼했던 것과 같은 이유에서였다." 자라 온 환경이 달라 취향도 달랐던 두 사람이 처음에는 너무 달라 매력적으로 느꼈던 것들을 차이점으로 인식하면서 결국 관계가 무너졌던 것이다. 하지만 두 사람은 같은 도시에서 각자 성공적인 커리어를 이어 갔고, 도널드 홀은 재혼했지만 커비가 병이 들어 상태가 점점 안 좋아지면서 다시 만나게 되었다.

데버라 리비의 『살림 비용』 첫 문장은 이것이다. "오슨 웰스가 일러 주었듯 해피 엔딩인지 아닌지는 어디서 이야기를 끊느냐에 달려 있다." 여행은 삶의 일부이고 일상의 연장이지만, '시작과 끝'이라는 관념을 우리 안에 만든다. "행복하다면 아직 끝난 게 아니"라고 도널드 홀은 썼지만, 일종의 분절된 추억으로 공통의 여행담을 자꾸 불러오는 일은 마치 그것이 언제든 되풀이될 듯 믿게 만든다. 어딘가에 멈춰 있는 시간이 있다. 이제 만날 수 없는 사람들과 함께였던 어느 식당, 시내 골목, 실랑이를 벌이던 공항. 잊고 살다 불현듯 마주하게 되는.

망설임의 순간、고뇌의 순간、
의혹의 순간에는 어두운 숲에
다다른 도로시에게 허수아비가
해준 조언에 담긴 기본적인 상식이
늘 도움이 되었다。
《들어가는 길이 있으면
나가는 길도 있지。》

070

알베르토 망겔,『끝내주는 괴물들』
(김지현 옮김, 현대문학, 2021)

들어가는 길이 있으면 나가는 길이 있다. 닫히는 문이 있으면 열리는 문이 있다. 좌절하게 될 때마다 이 문장들을 자주 떠올린다. 말은 쉽지만 어디가 바닥인지 파악이 안 된 채로 떨어지는 중이면 나가는 길이 보여도 그쪽으로 갈 힘이 없다. 내가 한동안 강박적으로 여행을 다녔던 이유는, 억지로라도 ESC버튼을 누른 것이었다. 그런데 계속 걸어나가면 정말 나가는 길이 나오기는 한다. '계속'이 얼마나 오래 지속될지를 알 수 없을 뿐이다. 하나 분명한 건, 내가 나오고자 하지 않는다면 외부로부터의 도움은 기대하기 어렵다는 사실이다.

"들어가는 길이 있으면 나가는 길도 있지." 이런 말은 주문이나 기도를 닮았다. 길이 있다는 뜻이 아니라, 길이 있다고 믿어야 일단은 걸을 수 있으니까. 좌절하지 않게 하려고 우리를 길위에 세운다. 일단 걸을 수 있는 데까지 걷다 보면, 정말 무슨 수가 생길 수도 있다. 이걸 낙관이라고 불러야 할지, 희망이라고 해도 되는지 잘 모르겠다. 『오즈의 마법사』는 해피 엔딩이었다.

여행은 낯선 곳으로 떠나는
갈 데 모를 방랑이 아니라
어두운 병 속에 가라앉아 있는
과거의 빛나는 편린들과 마주하는、
고고학적 탐사、
내면으로의 항해가 된다。

김영하,『오래 준비해온 대답』
(복복서가, 2020)

071

혼자 하는 여행을 즐기는 이유는 멍 때리는 시간이 많아서다. 연못가나 강가, 바닷가에 앉아 있으면 음악도 듣기 싫다. 멍하니 앉아 있다. 시간이 잘도 흐른다(칭찬 아님). 샌프란시스코에 놀러 갔던 때 미션 돌로레스 파크에서 한나절을 있었다. 책 읽다가, 동네 개들 구경하다가, 하교하는 학생들 구경하다가, 허리가 아프면 누웠다가, 등이 뻐근하면 앉았다가 하면서 한나절을 있었다. 건설적인 생각에 골몰했다는 말로 둘러대고 싶지만, 아무 생각도 안 했다. 정작 중요한 결심이 선 것은 그 멍 때림이 지나고 집에 돌아오는 비행기에서였다. 목적없는 멍 때림. 아, 빠져든다. 저 개의 털에 빠져든다. 잔디밭 개미에 빠져든다. 하늘의 구름에 빠져든다. 집 앞 공원에서도 이렇게 하고 싶은데, 왜인지 잘 되지 않는다. 마음이 조급해서.

치열했던 순간들이 윤색된 추억으로 떠오르는 여행지에서 혼자인 순간은 대체로 화통한 (내적) 웃음으로 마무리된다. 과거에 대한 상념에 사로잡혀 감상적이 되기엔 지금을 더 소중히 하고 더 즐겁게 만들 의지가 남아 있다! 그러니 더 걸어야 할 때는 더 걸어야 한다. 추억에 잠길 미래의 나를 위하여.

모스크바에 맥도날드가 처음으로
문을 열었을 때, 러시아의 고객들은
자신들을 향해 미소를 보내는
매장 직원들을 향해 이글이글 불타는
성난 눈길을 보냈다。
대체 왜 저렇게 웃는 거지?
혹시 우리를 비웃는 건가?

비스와바 쉼보르스카,『읽거나 말거나』
(최성은 옮김, 봄날의책, 2018)

국경을 넘고 대륙을 건너면 다른 경험을 하게 된다. 공항에 내려 그 나라의 냄새를 맡으며 심호흡하는 순간부터 그렇다. 때로는 그냥 문화가 다를 뿐 숨겨진 속뜻은 없음을 알기까지 시간이 꽤 소요되기도 한다. 거칠게 일반화하면 이런 공식이 성립한다. 미국 동부 사람들은 말이 빠르다. 나에게 적대적이라서 말을 알아듣지 못하게 하는 게 아니라 그냥 말이 빠르다. 미국 서부 사람들은 나에게 관심이 있어서가 아니라 원래 눈이 마주치면 인사를 몇 마디 한다. 길거리에서 인종차별적 욕설을 자주 들은 도시의 상점에서 상냥하기 그지없는 응대를 받으면 "이것이 자본주의의 참맛이로군" 하는 생각에 잠긴다. 역사와 전통을 중시하는 사람들은 때로 돈으로 해결하려는 태도 자체를 경시해, 분명 돈을 내면 이용할 수 있는 업장인데도 절차를 밟거나 입에 발린 말을 적당히 해야 문을 열어 준다. "이것이 전근대 계급주의의 맛보기로군" 하고 생각한다.

문화자본 혹은 매력자본은 공부해서 될 것이 아니다. 그래서인지 간판이 없는 가게, 손잡이가 없는 입구, 나를 훑어보고 고개를 젓는 사람을 볼 때 '아무나 입장 금지'라는 푯말을 본 듯한 기분이 든다. 사는 곳에서는 허락된 선을 따라 익숙하게 움직이지만 여행지에서는 모든 게 낯설기 때문에 의도치 않게 그 선을 넘을 때가 있다. 여행자는 무지한 소비자라 그렇다. 그런 와중에 여행자는 가끔 엉뚱한 오해 속에서 이상한 편견을 안고 집으로 돌아오기도 하는 것이다. 모스크바에 처음 문을 연 맥도날드에 간 러시아인처럼. 왜 저렇게 웃지? 나를 비웃는 건가? 아니요, 그저 친절하게 대했을 뿐이랍니다. 당신은 우리의 소중한 고객이니까요.

낯선 도시로 여행을 갈 때면
공항에 내려서 숙소에 도착하기까지
모든 과정을 눈 감고도 그릴 수
있을 만큼 철저히 준비를 해둬야만
안심이 되었습니다。

정지혜, 『좋아하는 마음이 우릴 구할 거야』
(휴머니스트, 2020)

073

'사적인 서점'을 운영하며 에세이를 쓰는 정지혜 작가는 2019년 혼자서 런던 웸블리스타디움에서 열리는 방탄소년단 콘서트를 이틀간 보고 몰타와 런던을 도는 9박 10일 여행에 대해 쓴 적이 있다. 그녀는 영어를 못해 준비를 더 착실히 했다고 한다. 내 동생도 영어를 해야 하는 상황에 스트레스를 심하게 느껴서 여행 준비를 꼼꼼하게 한다. 동생은 나보다 더 재미있는 여행을 기획하곤 하는데, 그건 동생의 영어 실력과는 무관하다.

아이돌 팬인 친구와 여행을 갔던 때, 나는 덕질 여행이라는 걸 처음으로 간접경험했다. 그때 알게 된 바 덕질 여행은 사전준비, 사전준비, 사전준비뿐이다. 콘서트를 볼 예정이면 티켓 구입을 해야 하고, 가져갈 준비물을 꼼꼼히 챙겨야 한다. 공연장에 입고 갈 옷은 다른 날에 입지 않는다. 콘서트장에서 만날 친구들도 미리 다 연락해 둔다. 뮤직비디오 촬영지 방문 예정이라면, 뮤직비디오의 해당 컷을 전부 캡처해서 구도와 각도를 모두 사전에 정한다. 친구야, 난 친구가 그렇게 계획적이고 부지런한 사람인 줄 그날 처음 알았어. 사랑이 뭐길래.

기대와는 다른 현실에 실망하고,
대신 생각지도 않던 어떤 것을 얻고,
그로 인해 인생의 행로가 미묘하게
달라지고, 한참의 세월이 지나
오래전에 겪은 멀미의 기억과 파장을
떠올리고, 그러다 문득 자신이
어떤 사람인지 조금 더 알게 되는 것.
생각해 보면 나에게 여행은 언제나
그런 것이었다.

074

김영하, 『여행의 이유』
(문학동네, 2019)

내가 '애매한 행운의 저주'라고 부르는 게 있다. '행운' 대신 '좋음'으로 바꿔 불러도 된다. 문제없이 그럭저럭 흘러가기만 하면 굳이 도전할 필요가 없어진다. 입학, 취업을 비롯한 도약의 순간을 말하는 게 아니다. 좋지도 않지만 싫지도 않은 연인과의 관계, 그냥 버티고 있으면 당분간 걱정할 필요가 없어 보이는 직장, 자주 피곤하지만 드러눕지 않을 만큼은 버티는 건강이 대표적이다. 보통 사람들이 '일상'이라 부르는 그것. 그냥 대충 오늘과 비슷한 내일이 예상되고 그 내일이 아주 싫지는 않을 때. 그런 때 사람들은 그냥 주저앉기를 택한다. 왜냐하면 굳이 위험을 무릅쓰고 도전해야 할 동기부여가 되지 않으니까.

'위기는 기회'라는 말은 단순히 위기가 기회가 된다는 뜻이 아니다. 어떤 위기는 실패로 끝난다. 하지만 많은 성공은 위기에서 시작된다. '오늘 같은 내일'이 오면 큰일이기 때문에 뭐든 해야 하고, 그럴 때는 해 오던 방식을 답습하는 대신 새로운 도전에 적극적이다. 여행은 그런 면에서 리스크를 줄여 위기를 경험하는 나의 태도를 바라보고, 바꾸는 방법이 된다. 여행에서 작은 시행착오를 겪으며 배운 것을 내 삶에 적용한다. 각별하게 기억에 남는 여행의 추억 중에는 "기대와는 다른 현실에 실망하고"로 시작되는 것이 많다. 멀리 있는 유명한 식당에 굳이 갔는데 휴업한 경우, 예약이 필요한 관람 시간에 늦은 경우, 엄청난 실망감과 좌절감에서 시작해 뭐든 해야 할 때, 그제야 '다른 길'을 내 손으로 내기 시작한다. 많은 경우 실패는 실패로 끝난다. 그리고 실패하지 않은 소수의 경험이 내 인생에 새 길을 낸다.

무엇보다 돈이 한 푼도
들지 않는다는 점을 이 여행의
미덕으로 꼽고 싶다。

그자비에 드 메스트르,
『내 방 여행하는 법』
(장석훈 옮김, 유유, 2016)

075

그자비에 드 메스트르는 1790년 당시 불법이었던 결투를 벌인 죄로 42일 가택연금형을 받았다. 아무 곳에도 갈 수 없었던 그는 방을 탐험하기 시작했다. "의자란 얼마나 훌륭한 가구인가. 사유하는 인류에게 이보다 유용한 물건은 없으리라. 기나긴 겨울밤, 세상사 소란에서 벗어나 그 속에 몸을 묻고 있으면 한없이 차분해지고 때로 달콤함까지 깃든다." 물건 하나하나를 다시 발견한다. 그는 방을 여행한다. 그러는 수밖에 없다.

내 침실에는 그릇장이 있다. 찻잔과 그릇을 사 모으기 시작하면서 책장을 그릇장으로 쓰기 시작한 지 꽤 되었다. 내가 내 방을 여행한다면 그 그릇들로부터 시작하리라. 이것은 추측이 아니다. 분명 나는 그렇게 할 것이다. 지금 당장이라도 그러고 싶지만 시간이 부족해 이 여행을 뒤로 미룰 뿐이지.

내 방에는 물건이 너무 많다. 이사하면서 거의 모든 것을 버렸는데도 결국 늘어나고 늘어났다. 내가 출근한 사이에 누가 우리 집에 물건을 가져다 두는 것일까. 내 방을 여행할 때 또 중요한 장소는 당연히 책장이다. 책장에는 아주 여러 번 읽은 책만 있다. 다시 읽어도 좋을 책만. 그리고 영국과 일본에서 구입한 스탬프가 수십 개 들어 있는 상자가 있다. 나는 내 방을 여행하고 싶다. 시간만 충분하다면.

옷을 쌓아 놓아 앉아 본 지 한참 된 의자를 치우고 앉아 보고 싶다. 옷장을 열어 옷을 하나하나 정리하고 싶다. 아니, 이건 여행이 아니라 살림이잖아. '내 방 여행하는 법' 말고 '내 방 경영하는 법'으로 제목을 바꿔 책을 써 볼까. 잡동사니를 이고 지고 사는 사람의 눈물의 통곡.

세계를 화분들의 집합으로
파악하느냐、아니면 하나의 거대한
숲으로 이해하느냐。

076

김하나,『말하기를 말하기』
(콜라주, 2020)

김하나 작가의 책을 읽다 속으로 외쳤다. '열린 마음 특훈'을 받고 싶다! 10년 전에 김하나 작가는 3년여 동안 의식적으로 많은 사람과 어울리기 위해 노력했다고 한다. 남미 여행을 가면서 수첩에 '먼저 말을 거는 사람이 되자!'고 적었고, 그 결심을 이루며 반년 동안 여행했다고.

여행을 간다고 견문이 무조건 넓어지는 건 아니다. 많은 곳에 가고 많은 것을 보는 일은 여행이 넓혀 주는 경험의 일부. 떠나면 보인다. 사람들은 어디에서나 비슷하게 산다. 또 사람들은 어디에 사는지에 따라 크게 다르다. 같고도 다르다. 어떤 때 나와 같은지, 어떤 때 나와 다른지. 결국 그 사람들과 섞여 보는 경험을 하는 수밖에 없다. 사람에 대한 견문을 넓히는 데는 굳이 여행이 필요치 않다.

사회 경험이 쌓이면서 처음 만나는 사람을 '알겠다'고 느끼곤 한다. 낯선 장소를 방문할지 말지 정할 때도 '알겠다'고 느끼고 포기할 때가 있다. 하지만 언제나 부대껴 보면 사람은 생각과 다르기 마련이고(대단한 '빅엿'을 먹이기도 하지만 평생 인연이 되기도 한다) 장소 역시 마찬가지다. 상상하고 멈추는 대신 직접 부딪혀야 보이는 세계가 있다. 아무리 현실 이상을 상상해도 (직간접) 경험의 테두리 안이기 마련이다. 경험 밖에서 새롭게 경험하기. 아는 세계에 머물 거라면 뭐 하러 떠나겠는가. 이건 여행뿐 아니라 이직이나 연애나 투자에서도 모두 마찬가지. 우리는 때로 자신을 걸고 크게 얻거나 크게 잃지만, 여행을 좋아하는 사람이라면 알 것이다. 잃는 순간에도 무언가를 얻는다는 사실을.

IKTSUARPOK(이누이트어)

—

누군가가(누구라도) 오는지
끊임없이 들락거리며 확인하고
기다리는 행동.

엘라 프랜시스 샌더스,
『마음도 번역이 되나요』
(루시드 폴 옮김, 시공사, 2016)

국경을 넘는 여행은 낯선 언어에 나 자신을 던지게 만든다. 'IKT-SUARPOK'라는 이누이트어의 뜻을 보고 떠올린 단어는 일본어 待ち人(마치비토)다. 절이나 신사에서 길흉을 점치기 위해 뽑는 제비인 오미쿠지에서 이 단어를 처음 봤는데, '기다리는 사람'이라는 문자 그대로의 뜻도 있지만 사람이 불러오는 변화를 뜻하기도 한다. 지금처럼 통신기술이 발달하기 전 그리운 사람이 언제 올까 하염없이 기다려야 했던 이들에게 이 단어가 갖는 의미는 남달랐으리라. 배를 타고 떠난 (아마도 풍랑으로 죽었을지 모르는) 남편을 기다렸다는 아내의 사연이 담긴 바닷가 마을의 망부석을 떠올려 보라. 옛사람들에게 여행은 긍정적이기보다 부정적인 의미를 가졌다. 명리학에서 이동 수를 뜻하는 역마는 지금이야 긍정적인 함의를 갖지만 오랫동안 집을 떠나 방랑할 팔자를 가리켰다. 누군가를 떠나보낸 사람은 기다린다. 혼이라도 찾아오라고 이사를 가지 않는 이들도 있다. 여전히.

우리 가족은 동생이 군대를 간 사이에 이사를 했다. 동생은 지금도 종종 그 이야기를 한다. 군대를 간 동안 가족이 이사를 가버렸다고. 아, 동생을 보내 버릴 절호의 찬스였는데.

차코와 함께 있으면 마거릿
코참마는 자기 영혼이 섬나라의
좁은 경계 밖으로 탈출해
그의 거창하고 광대한 공간으로
나아가는 것 같았다。

078

아룬다티 로이, 『작은 것들의 신』
(박찬원 옮김, 문학동네, 2016)

결혼하는 지인을 축하하는 마음은 단순하다. 내가 좋아하거나 존경하는 사람이 (최소한 그 순간에는) 한평생을 함께할 수 있다고 믿는 누군가를 발견했다는 사실의 경이를 믿기 때문이다.

타인을 사랑할 때만 확장되는 세계가 있다. 한 사람은 하나의 우주라, 사랑할 때 우리는 낯선 신세계를 잠시 엿본다. 그의 죽음은 그 세계로 가는 비밀의 문을 영영 닫아 버린다. 이것은 비유도 무엇도 아니다. 사랑할 때 벌어지는 일이다. 그 감정에 압도될 때 느끼는 황홀감은 무엇과도 비교할 수 없을 만큼 중독성이 있다. 그래서 그 초기 감정만 계속 경험하기 위해 상대를 바꾸는 전략을 취하는 사람도 있다. 상대와 무관하게 '사랑을 사랑'하는 사람도.

하지만 오랫동안 사이좋게 지내는 사람들은 『작은 것들의 신』을 빌려 표현하면 '나'라는 좁은 경계 밖 광대한 공간으로 나갔다 다시 좁은 공간을 깊게 경험하는 일을 고르게 즐길 줄 안다. 한 사람과의 지속적인 관계는 여행인 동시에 정주. 사랑하는 연인들이 미래를, 내일을 기약할 수 없는 상황에서 절망하지 않을 수 있는 유일한 힘은 '작은 것들'을 발견하는 데서 나온다. 그래서 이 소설에는 작고 아름다운 무수한 것들에 대한 섬세한 묘사가 등장한다. 자꾸 떠나면서 나는 작고 아름다운 모든 것을 알아보고 이름을 익히는 호기심을 되찾을 수 있길 기대한다. 『작은 것들의 신』이 세상의 모든 것을 호명하는 방식을 읽으며 나도 다시 세상을 되찾는다.

"행복한 소식처럼 허공을 떠도는 나비들을 지나. 거대한 양치식물. 카멜레온 한 마리. 색이 아주 선명한 히비스커스 한 송이. 바쁘게 움직여 몸을 숨기는 잿빛 정글 새. 벨리아 파펜이 아직 발견하지 못한 육두구나무."

너는 결국 집으로 돌아오지 않았어
온 우주가 협력이라도 할 기세로
네게 빛을 이해시키려고 했지만
너는 길 위에 주저앉아 심장에 박힌
유리 조각들을 빼내면서 그것을 보고
빛이라고 아름다움이라고 부르는 일에
몰두해 있었어 나는 그것은
사랑이 아니라고 말하지 못했지

원성은, 「왼손잡이가 오른손으로 쓴
악필의 편지」, 『새의 이름은 영원히 모른 채』
(아침달, 2021)

은유로서의 여행은 인간이 시간을 들여 추상적이거나 실제적인 공간을 통과하는 행위를 일컫는다. 독서는 여행과 같다, 인생은 여행과 같다, 사랑은 여행과 같다. 물리적으로 하는 여행은 '귀환'을 염두에 두지만, 은유로서의 여행은 떠날 때와 같은 모습으로 절대 돌아올 수 없다. 이것은 같은 강물에 발을 두 번 담글 수 없는 것과 마찬가지 이치다. 은유로서의 여행인 삶에서 그 의미는 언제나 사후적으로 정의된다. 그것이 빛이었는지 유리 조각이었는지. 이제 문을 열어젖힌 우리는 알 수 없다. 그리고 길 위에서 헤매다 죽는다. 죽음은 집으로의 영구적 귀환이 된다.

『이상한 나라의 앨리스』에서 앨리스가 이상한 나라를 여행하면서 쓸 수 있었던 무기는 오직 언어뿐이었다고, 알베르토 망겔은 책에 쓴 적이 있다. 오직 언어만이 체셔 고양이의 숲을 관통하고, 광기를 들추어 낼 수 있다고. 새로운 경험을 자기 것으로 만들려면 그것을 언어화할 수 있어야 한다. 호랑이 굴에 잡혀가도 정신만 차리면 산다는 옛말에서 '정신'은 기실 언어화된 의지를 뜻하는지도 모른다.

《이 여행은 평생 동안
잊지 못할 거예요。
세 사람이나 죽다니……
마치 악몽을 꾸고 있는 것
같아요。》

애거서 크리스티, 『나일강의 죽음』
(애거서 크리스티 전집 13, 김남주 옮김,
황금가지, 2004)

080

애거서 크리스티는 평생 100권 정도의 소설을 썼는데, 많이 쓰기만 한 것이 아니라 수많은 히트작과 기념비적 트릭을 남겼다. 최고의 작품을 10편 꼽으라면 목록이 같을 확률이 낮을 정도로 걸작이랄 작품도 많다. 그러면 애거서 크리스티의 어떤 소설을 골라 읽으면 좋을까. 대체로 '탈것'(기차, 비행기, 배—그 자체로 밀실이 되는)이 배경이거나 여행하는 내용이 포함되면 거의 실패하는 법이 없다. 치정극이기까지 하다면 말할 것도 없고. 『나일강의 죽음』은 애거서 크리스티가 잘하는 거의 모든 것을 아우른다. 영화와 드라마로 여러 번 만들어진 게 놀랍지 않다. 젊음, 아름다움, 막대한 부. 모든 걸 다 가진 상속녀 리넷은 가난한 친구 자클린의 연인 사이먼 도일을 빼앗는다. 자클린은 리넷과 사이먼이 신혼여행을 떠난 나일강의 고급 유람선까지 따라가는데, 그 배에서 리넷이 시체로 발견된다. 트릭은 트릭대로, 심리는 심리대로 엎치락뒤치락하며 중첩되는데, 사건이 해결된 뒤에 남는 슬픔까지도 부족함이 없다.

나일강을 유람하는 배에서 사람이 죽자 한 승객이 말한다. "이 여행은 평생 동안 잊지 못할 거예요. 세 사람이나 죽다니…… 마치 악몽을 꾸고 있는 것 같아요." 여행지에서 끔찍한 사건이 일어났다며 질린 듯 말하는 조연의 대사 역시 여행지 미스터리의 '클리셰'다. 범인은? 우리 안에 있다.

증류소마다 나름대로의
증류 레시피를 가지고 있다。
레시피란 요컨대 삶의 방식이다。
무엇을 취하고 무엇을 버릴
것이냐에 대한 기준과도 같은
것이다。무언가를 버리지
않고서는 아무것도 얻을 수 없다。

무라카미 하루키,
『무라카미 하루키의 위스키 성지여행』
(이윤정 옮김, 문학사상, 2001)

술을 마시는 취미가 있으면 해외여행은 알싸하게 즐거워진다. 스코틀랜드를 여행하는 가장 좋은 방법은 위스키 증류소를 방문하는 것이다. 당연한 말이지만 맛이 다 다르다. 스코틀랜드에서 '래비스'라는 투어 프로그램을 몇 번 이용한 적이 있는데, 여정이 1박 2일 이상이면 대부분 위스키 증류소와 판매처 방문이 포함된다. 제주도 여행을 하는 사람들이 돌하르방 기념품을 구입할 확률보다 스코틀랜드를 여행하는 사람들이 스카치위스키를 구입할 확률이 더 높다는 확신이 내게는 있다. 위스키를 골라 카운터로 가져가면 서점에서 주인이 골라 온 책을 보고 한마디 덧붙이는 것과 똑같은 상황이 벌어진다. 글렌피딕 18년산, 기본에 충실하면서 절대 실패하지 않는 맛이지. 보모어 12년산? 보모어 좋아해? (처음에는 비눗물을 마시는 것 같았지만 지금은 좋아해.) 흐음, 그 맛이 없다면 보모어가 아니지. 스코틀랜드 사람들은 위스키에 대해서는 농담을 하지 않는다.

미식 여행을 하는 사람이 있고 술 여행을 하는 사람이 있다. 사람이 있는 곳에는 술과 음식이 있고 둘 다 그 땅의 물과 식물을 바탕으로 하니, 어딜 가든 그 고장의 음식을 그 고장의 술과 먹어보라는 조언에 나 역시 동의한다. 비싼 술도 면세점에서는 훨씬 싸게 구입할 수 있다. 일본을 여행할 때도 현지의 유명한 바에 가서 잔술을 마시거나 칵테일을 마시며 바텐더에게 이것저것 물어보는 재미가 각별하다.

『무라카미 하루키의 위스키 성지여행』에는 (보모어 증류소가 있는) 스코틀랜드 아일레이섬에 대해 이렇게 적혀 있다. 풍요롭고 아름다운 섬에 고요한 슬픔과도 같은 것이 떨쳐 낼 수 없는 해초 냄새처럼 끈끈히 배어 있다고. "세상에는 섬의 수만큼 섬의 슬픔이 있다." 수많은 슬픔과 수많은 위스키.

북명에 물고기가 있다。
그 이름은 곤이다。곤의 크기는
몇천 리인지 알지 못한다。변화하여
새가 되면 그 이름을 붕이라 한다。
붕의 등이 몇천 리인지 알지 못한다。
힘껏 날아오르면 그 날개는
드리운 구름과 같이 하늘을 다
덮는다。

082

양자오,『장자를 읽다』
(문현선 옮김, 유유, 2015)

언어의 한계를 넘는다는 말뜻이 궁금하다면 그저 『장자』 내편 제1편 「소요유」를 펼쳐 보기만 하면 된다. 이렇게 시작한다. "북명에 물고기가 있다. 그 이름은 곤이다. 곤의 크기는 몇천 리인지 알지 못한다. 변화하여 새가 되면 그 이름을 붕이라 한다. 붕의 등이 몇천 리인지 알지 못한다. 힘껏 날아오르면 그 날개는 드리운 구름과 같이 하늘을 다 덮는다."

붕새는 너무나 거대한 나머지 두터운 대기가 있어야만 비로소 날아오를 수 있다. 그걸 본 매미와 들비둘기가 붕새를 비웃는다. 장자가 보기에 작은 것과 큰 것 사이에는 우열이 아닌 그저 다름이 있을 뿐이다. 같은 기준으로는 가늠이 불가능하다. 이런 장자의 생각을 비판한 이도 있었다. "지금 그대의 말도 크기만 하지 쓸모가 없어서 사람들이 마찬가지로 지나칠걸세." 하지만 장자는 '쓸모'라는 것이야말로 생각의 한계를 보여 줄 뿐으로, 크기만 한 나무가 있다면 아무것도 없는 곳에 심어 두고 아무 일 없이 그 곁을 오가며 마음대로 노닐 생각을 하지 못할 이유가 무엇이냐 반문한다.

여행이야말로 쓸모없음의 쓸모를 추구할 때 가장 값진 것이다. 왜 여행을 다니느냐, 차라리 그 돈을 저금하라는 말을 자주 들었다. 모든 일에 쓸모를 따지고, 나의 쓸모를 극대화하기를 사회에서 늘 요구받는다. 모든 일이 좋을 때는 괜찮았지만, 그렇지 않을 때는 여행 없이 살 수 없었다. 우열이 아닌 다름으로 삶을 가늠하는 유일한 방법은 우열을 재는 시선에서 놓여나는 것뿐이다.

이탈리아와 나는 시작부터
시각적인 것뿐만 아니라
청각적인 관계가 됐다。

줌파 라히리,
『이 작은 책은 언제나 나보다 크다』
(이승수 옮김, 마음산책, 2015)

083

칸영화제에 출장을 갔을 때였다. 대체로 매일 아침부터 저녁까지 영화를 4편씩 보기 때문에 영화제가 시작하고 첫 주말쯤 되면 기력이 달린다. 마감 때문에 수면과 식사를 제대로 챙기지도 못하고, 컨디션과 무관하게 영화를 놓치면 안 된다는 강박 때문이다. 영어 영화는 자막이 없기 때문에 악센트가 강한(예를 들어 켄 로치 감독이 연출한) 영화인 경우 못 알아들을까 미리 걱정하며 신경을 곤두세운 채 영화를 보게 된다. 실제로 나중에 한국에서 개봉한 영화를 다시 보면 기억과 다른 대사인 경우도 있다. 기억이 잘못된 게 아니라 애초에 잘못 들은 것이다.

영화제 중반쯤 되었을 때였다. 도저히 못 버티겠어서 점심시간을 비워 식당에 갔다. 일행도 나도 정신을 빼놓은 채 대화도 없이 멍하니 앉아 있었는데, 여기저기서 온갖 나라의 언어가 들려왔다. 왼쪽 테이블에는 일본 기자들이, 등 뒤에는 프랑스인 영화제 스태프들이, 문 쪽에 놓인 테이블에는 미국 사람들이 있었고, 오른쪽 테이블은 아마도 영국 평론가들인 듯했다. 넋을 놓고 앉아 있으니 오히려 사방에서 들려오는 말 때문에 정신이 더 사나웠지만, 이게 국제영화제구나 싶었다. 게다가 그들 모두 '내가 아는 이야기'를 하고 있었다. 칸에서 본 영화 이야기. 내가 좋아하는 소음, 대화, 문장, 말. 어디를 가든 영화에 대해 이야기하는 소리가 들렸다. 그게 영화제와 나의 관계다. 청각적인 관계. 연고지를 떠나 영화 때문에 온 사람들이 모여 영화를 보고 영화 이야기를 잔뜩 한다. 줌파 라히리가 말하는 '청각적인 관계'와는 꽤 다른 이야기지만 말이다.

도망치고 도망쳐서 이제 완전히
따돌렸다고 생각했는데도 나는 여전히
그 가족의 일원이다。 어머니가 만드는
일상적인 음식과 아버지가 만드는
화려한 요리 그리고 친척들이 함께
둘러쌌던 식탁은 어쩔 수 없이
내 안에 존재한다。 그런 것들로 내가
이루어져 있는 것이다。

가쿠타 미쓰요 외,
『치즈랑 소금이랑 콩이랑』
(임희선 옮김, 시드페이퍼, 2011)

084

음식에 대해서라면 얼마든지 말할 수 있다. 단, 술을 포함해서. 『치즈랑 소금이랑 콩이랑』은 가쿠타 미쓰요, 에쿠니 가오리, 이노우에 아레노, 모리 에토가 유럽의 작은 마을을 여행하고 쓴 음식과 치유에 관한 소설집이다. 가쿠타 미쓰요는 스페인 바스크 지방을 다녀와서 「신의 정원」이라는 단편을 썼다. "도망치고 도망쳐서 이제 완전히 따돌렸다고 생각했는데도 나는 여전히 그 가족의 일원이다. 어머니가 만드는 일상적인 음식과 아버지가 만드는 화려한 요리 그리고 친척들이 함께 둘러쌌던 식탁은 어쩔 수 없이 내 안에 존재한다. 그런 것들로 내가 이루어져 있는 것이다."

이런 가족의 이야기와 떼려야 뗄 수 없는 음식 관련 화두가 있다면 바로 '소울 푸드'가 아닐까. 읽기 괴로울 정도로 공감각을 자극하는 음식 앞에서("초리소가 든 콩 수프, 생햄이 든 크로켓, 하얀 수프에 떠 있는 붉은 새우, 초록색 소스에 덮여 있는 절인 대구, 빵 부스러기, 햇빛을 반사해서 반짝이는 많은 유리잔, 계속해서 비어가는 차콜리 술병들") 주인공은 엄마가 위암 4기라는 사실을 알고도 식사를 하는 가족들을 이해할 수 없다. 엄마의 병세를 엄마만 모른다. 음식 이야기를 타고 가족 이야기가 흘러나온다. 수시로 울컥하는 마음이 드는 까닭은 충분히 사랑하지도 못하고 이별해야 하는 상황이 애달파서다.

걱정은 마치 읽지도 않을
시험 자료 뭉치를 여행지마다
굳이 무겁게 챙겨 다니는 것과
같다。 결론은 지당하고 간단하다。
걱정은 내려두고 놀 때는 놀기。

이두형, 『그냥 좀 괜찮아지고 싶을 때』
(심심, 2020)

나는 불안의 정도가 높은 편이다. 쉽게 불안해지고, 심지어 문제가 없는 상황에서도 어렴풋한 불안을 느낀다. 지금 문제가 없으니 곧 생길 차례가 아닐까? 하며. 『그냥 좀 괜찮아지고 싶을 때』를 읽다 내가 왜 펼쳐 보지도 않을 노트북을 여행지마다 들고 가는지 알게 되었다. '걱정인간'이라서다. 연락이 올지도 모른다는 생각을 떨치지 못해 여행을 갈 때마다 노트북을 챙긴다. 밀린 일이 있을 때는 당연히 밀린 일을 전부 챙긴다. 책이며 인쇄물을 바리바리 들고 간다. 가서는 펴 보지도 못한다. 평소보다 많이 걷기만 해도 해가 떨어지기 무섭게 씻고 쉬어야 한다.

여행지마다 굳이 무겁게 챙겨 가기. 항상 걱정을 등에 업고 다니기. 실제로 여행을 가서 꼭두새벽에 일어나 일할 때도 있어 걱정을 떨치기가 더 어렵다. 열 번에 아홉 번은 펼쳐 보지도 않지만, 한 번이 어딘가.

이런 나 또한 우습게도 친구가 여행지에 노트북을 가지고 간다고 하면 늘 말린다. "어차피 펴 보지도 못하고 올 거 마음이나 편하게 가라고" 한다. 그래 놓고 나 자신은 불안해하며 노트북을 챙긴다. 친구도 노트북 안 가져간다고 큰소리 떵떵 치다가 여행 당일에는 어쩔 수 없이 챙겼다고 고백한다. 유유상종, 초록은 동색. 안 쓸 노트북을 챙기는 것도, 기껏 가져가서 안 펴 보는 것도 정말. 반갑다 친구야.

낯선 곳으로 여행을 가서 첫 며칠은
돌멩이 하나、 나무 한 그루마저
새롭게 보이면서 평소보다 시간이
길게 느껴진다。 사랑에 빠진
첫 몇 달도 그렇게 다가온다。

086

나탈리 크납, 『불확실한 날들의 철학』
(유영미 옮김, 어크로스, 2016)

여행을 떠난 첫 며칠간은 시간이 느리게 흐른다. 시간이 남아돈다는 생각마저 든다. 하루가 이렇게 길었나 싶다. 눈을 뜨자마자 허겁지겁 출근 준비를 하거나, 일어나기 싫다고 생각하다 순식간에 30분쯤 까먹거나, 잠이 안 깨 커피를 마시다 세 잔째라는 사실을 깨닫게 되는 일이 여행지에서는 거의 없다. 여행지에서는 시간 압박이 없다는 뜻은 아니다. 평소보다 더 일찍 하루를 시작하기도 하니까. 하지만 압박에 응하는 마음이 조금은 더 기껍다. 사랑에 빠진 첫 며칠처럼 여행의 첫 며칠도 그렇게 간다.

순간에 영원을 산다. 바람을 느끼고 녹음의 50가지 그림자를 바라본다. 언제까지고 바라볼 수 있을 듯한 파도의 움직임, 바람이 스치는 숲의 음영, 고층 건물 창문에 비친 구름이 느릿하게 흐르는 유영. 이상하고 우스운 일이다.

오늘은 새로운 하루가 될 것이다. 다시 돌아오지 않을 하루가.

지혜로운 여행사라면 우리에게
그냥 어디로 가고 싶으냐고
물어보기보다는 우리 삶에서
무엇을 바꾸고 싶으냐고 물어볼 수도
있을 텐데。

087

알랭 드 보통, 『공항에서 일주일을』
(정영목 옮김, 청미래, 2010)

삶을 바꾸기란 쉽지 않다. 매일 밤 자기 전에 '내일은 새벽 6시에 일어나서 스트레칭을 하고 아침 식사를 해야지'라고 생각하지만, 스트레칭이고 아침 식사고 뭐고 겨우 세수하고 뛰어나갈 시간에 눈을 뜬다. 그럴 때마다 "오늘은 일찌감치 저녁 10시에 자야지" 하지만, 눈이 시린 걸 참으며 스마트폰을 보다 정신을 차리면 어느새 새벽 2시가 되어 있다. 다짐만으로는 별 소용이 없다. 환경을 바꾸는 게 제법 유효한 전략이다. 새로운 회사, 새로운 집, 새로운 도시, 새로운 나라. 여행은 그런 단기적 쇄신론이기도 하다. 그러나 이직, 이사, 이주를 해 본 사람이라면 알겠지만, 어딜 가도 '나'를 버릴 수 없으므로 우리는 같은 문제에 봉착하게 된다(신이시여!).

여행지에서는 쉽게 너그러워지곤 한다. 나도 모르게 웃고 있다. 평상시에는 나도 모르게 이를 악물고 있는데.

이상적인 나에 더 가까워지는 방법이 여행이다. 시간을 넉넉하게 쓰고, 좋아하는 일로 하루를 채우고, 많이 걷는다. 숲 근처로, 강이나 바다 근처로 걷는다. 그게 여행에서 돌아와 다시 일할 수 있는 힘이 된다. 여행, 그게 다예요.

출장을 겸한 공짜 여행과
사내 연애까지 모두 즐거웠다。
하지만 파티하듯이 일하는 것조차
결국은 직원들로부터 더 많은 것을
뽑아내기 위한 방편에 불과했다。

088

맬컴 해리스, 『밀레니얼 선언』
(노정태 옮김, 생각정원, 2019)

코로나19로 다 옛날 일이 된 것 같긴 하지만, 저가 항공사가 우후죽순으로 생겨나고 SNS의 영향력이 커지면서 한동안 뭘 팔든 여행과 관련해 홍보와 마케팅을 했다. 음식 관련 방송은 여행지에서 먹거나 식당을 운영하는 방식으로 만들어졌다. 인터넷 쇼핑몰의 신상품도 해외 로케이션으로 촬영하곤 했다. 휴가 때 집에서 쉬면 제대로 쉬지 못한 기분이 든다는 사람(혹은 그런 시선을 받는다는 사람)도 있었고, '인스타그래머블'한지가 여행지를 고르는 중요한 기준이 되기도 했다. 애초에 여행 코스를 짤 때 가장 주요한 참고 자료가 인스타그램이 되었던 것이다. 그리고 이 모든 과정은 SNS를 통해 다시 전시된다. SNS에서의 과시가 여행 자체의 즐거움보다 더 중요해지는 상황을 나 역시 겪었기에 몇 가지 원칙을 세웠다. 여행 중에는 SNS 포스팅을 하루 한 번으로 제한한다(열흘 정도 휴가에 세 번 이하). 정말 휴식을 위해 떠난 여행에서 찍은 사진은 6개월 내에 SNS에 공유하지 않는다. 구체적인 날짜가 있는 건 아니지만 '노출하지 않는다'가 원칙이다. 유일하게 바로 공유하는 예외가 있다면 '일행이 있을 때'다. 같이 좋았던 시간을 기록하기 위해. 일을 여행과 분리하기 위한 발버둥인 셈이다.

오싹한 처형이 매일같이
일어나는 나라로 여행을 가서
참혹한 광경이 어김없이
불러일으키는 흥분을 만끽하는
사람들이 있다고 들었다。

—찰스 매튜린、『방랑자 멜모스』

티파니 와트 스미스,
『위로해주려는데 왜 자꾸 웃음이 나올까』
(이영아 옮김, 다산초당, 2020)

089

샤덴프로이데Schadenfreude는 타인의 불행에 느끼는 즐거움을 뜻하는 독일어다. 대체로 유명인이나 나보다 잘나가는 지인의 추락, 불행, 불운을 보고 속으로 삼키는 즐거움인데, 여행을 통해 샤덴프로이데를 충족하는 사람들이 의외로 많다는 사실을 알게 되었다. 블로그부터 단행본까지 여행에 관한 글을 읽어 보면, 자기 나라보다 경제적으로 열악한 상황에 처한 나라를 여행할 때 느낀 '깨달음'이나 '교훈' 혹은 '일상의 소중함'을 적은 글이 대부분 상대적 우월감에서 나온 것임에도 그것이 상대적 우월감인지 모른다.

우월감만은 아니다. 은밀하게만 추구할 수 있는, 자국에서는 불법인 쾌락 역시 여행을 통해 충족하는 사례를 본다. 처형이 일어나는 나라로 여행을 간다는 말은 요즘 식으로 따지면 '우리나라'에서는 경험하기 어려운 무언가를 위해 여행을 간다는 말로 해석할 수 있다. 여행지에서 환각성 약물을 시도해 보거나 혹은 아동 성매매를 하는 사람이 있으니. 그 모든 일이 겉으로는 '여행'의 이름으로 소비되고 덮인다. 아주 편리하게, 누군가는 '일상'을 그런 식으로 지킨다.

우연 없이 여행은
성립하지 않는다。

090

최혜진,『북유럽 그림이 건네는 말』
(은행나무, 2019)

나는 우연을 신봉하는 여행자다. 준비는 잘하지만 막상 여행지에서는 대충 지낸다. 가려던 식당이 문을 닫거나 야외 일정이 있는 날 비가 쏟아지는 정도로는 의기소침해지지 않는다. 낯선 도시에서는 맛없는 식당도 추억이 된다. 또 비가 내릴 때만 볼 수 있는 것이 있고, 눈이 내릴 때만 볼 수 있는 것이 있다. 나는 과도한 걱정과 지나친 낙관을 오가는 성격이라 우연에 대처하는 능력이 좋은 편이라는 사실을, 우연이 아니라 사건 사고가 있을 때 자주 생각하게 된다. 『교토의 밤 산책자』의 막바지 취재를 위해 더 집중해서 교토 여행에 시간을 쏟던 해에 나는 단 한 번도 경험한 적 없는 강도의 지진과 태풍을 겪었다. 문제가 생기면 나는 일단 기다리는 대신 바로 B안 C안을 생각해 행동으로 옮기는 편이다. 참고로 말하면 너무 성급히 행동하다 불필요한 비용을 늘리는 경우도 있었으니, 내 방법이 정답이라고 주장할 생각은 없다. 다행히 죽거나 다친 적은 아직 없지만. 심지어 여행지에서 0의 개수를 잘못 보고 신용카드로 물건을 산 일도 있었다. 이런 일도 교훈이 된다. 다시는 같은 실수를 하지 않으니까.

이런. 『북유럽 그림이 건네는 말』에서 저자가 스카겐에서 겪은 우연은 굉장히 멋진 결론으로 끝나는데 나는 어쩌다 무용담을 늘어놓았나.

우리는 한 번도 휴가를
간 적이 없다。 잠시라도 공연을
쉬거나 일을 하지 않으면
우리는 실업 상태가 되어
돈을 빌려야 한다。

아글라야 페테라니,
『아이는 왜 폴렌타 속에서 끓는가』
(배수아 옮김, 워크룸프레스, 2021)

091

일을 하면서 창작자를 많이 만난다. 소설이나 영화 한 편을 마치고 여행을 다녀오는 사람도 있지만, 그럴 짬을 내지 못해 일을 마치면 간신히 휴식을 취하고 바로 다음 일을 시작하는 경우도 부지기수다. 잠깐 여행이라도 다녀오세요. 말은 쉽지만 저마다 환경이 다르다. 웹소설이나 웹툰 작가는 연재가 이어지는 동안은 통조림처럼 작업 공간에 갇혀 지내기도 한다. 고등학생 때 어느 날인가 저녁을 먹고 야간 자율학습을 하러 도서실로 올라가는데 창밖 뒷산에 단풍이 흐드러지게 물들어 있었다. 그제야 가을인 걸 알았다. 대단히 모범생도 아니었지만, 입시 일정만으로 시간이 흐르던 때였으니까.

SNS를 보면 늘 몇 사람은 여행 중이지만 누군가는 늘 온라인에 있다. SNS를 사랑하는 사람일 수도 있지만 컴퓨터 앞에서 하염없이 일하는 사람일 때가 많다. 그들에게 여행은 작은 창문과도 같은 인터넷으로 경험하는 것, 그 이상도 이하도 아니다. 스크린 바깥의 세상은 파도처럼 끊임없이 밀려오는 공과금과 독촉 연락으로 이루어져 있고, 모처럼 시간이 나도 마음은 떠날 여유를 찾지 못한다. 여행이 아무리 쉬워져도 여행을 마음먹는 일은 그들에게 에베레스트산 등반과도 같다. 우울증을 비롯한 마음의 무게가 남다른 사람에게도 그렇다. 일단 떠나면 나아지리라는 사실을 머리로는 알아도 짐을 싸고 계획할 엄두가 나지 않는다.

'할 수 있다'와 '하고 있다'는 다르다. 일상을 책임지는 일과 여행이 불화하지 않는 삶을 살고 싶다. 당신에게도 여행이 그랬으면 좋겠다.

온라인으로 이탈리아 로마를
여행하면 매력적인 작은 길들을
찾을 수도 있다。

대니얼 M. 러셀, 『검색의 즐거움』
(황덕창 옮김, 세종, 2020)

092

소설가나 만화가, 시나리오 작가를 비롯해 창작을 업으로 하는 사람에게 취재에 관해 물으면 가장 많이 듣는 답이 유튜브와 구글 지도다. 이제 두 발로 뛰지 않고도 취재를 할 수 있다는 뜻이다. 동생과 여행을 가면 늘 동생이 일정을 짜는데, 식당까지 가는 길을 거의 다 '알고' 있다. 어떤 간판이 보여야 한다든가, 어떤 매장 위층이라든가. 사진을 미리 보고 가니 오히려 가는 길에 새로운 가게가 생기면 당황하는 때도 있다.

나는 휴가를 갈 때면 느슨하게 계획을 짜는 편이지만, 취재 관련 여행인 경우 나 역시 구글 지도로 근처를 찾아본다. 지도로 확인하고 로드뷰를 다시 본다. 특히 숙소를 정할 때는 숙소에 이르는 길이 외지거나 어둡지 않은지 반드시 확인한다. 구글 지도와 로드뷰가 없던 때 저가 숙소를 예약했는데 현지에 가서 보니 스트립 클럽이 모인 골목 안쪽이거나(그때 알게 된 사실은 그런 업소의 기도들이 나에게는 그나마 친절하고 안전한 사람들이었다는 것이다. 여행객임을 알고 얼른 빠져나가게 길을 알려 주었다) 인적이 드문 골목길을 한참 들어가야 했던 일이 정말 많았기 때문이다.

장소를 확인하려고 로드뷰를 보다 삼천포로 빠지는 일도 허다하다. 궁금한 주소, 그리운 주소를 넣고 검색한다. 내가 예전에 살던 집 주소를 검색할 때도 있고, 딱 한번 가 보고 다시는 가지 못한 먼 도시의 식당 주소를 넣을 때도 있다. 이탈리아와 프랑스를 포함해 옛 건물과 골목이 그대로인 나라를 찾을 때는 그냥 하염없이 여기저기를 둘러보기도 한다. 언젠가는 모든 추억이 구글 지도의 별표로만 남겠지.

여행을 하다 보면 때로는 산도
넘어야 하듯、이런 일도 체념하고
순응하는 수밖에 다른 도리가 없소。
물론 산이 없다면 길이 훨씬 더
편안하고 짧을 것이오。그렇지만
산이 일단 가로막은 이상、
넘을 수밖에 없지 않겠소！

요한 볼프강 폰 괴테,
『젊은 베르테르의 슬픔』
(김인순 옮김, 열린책들, 2009)

여행의 장점은 여행이 의도된 일시적 비일상 상태라는 데 있다. 여행할 때 산을 넘는 일은 모험이지만(심지어 일부러 산을 오르기 위해 여행하기도 한다) 삶의 전망이 가로막힌 산뿐이라면 어떨까. 같은 사건이 벌어져도 받아들이는 태도는 다르다. 매일의 현실에서 겪는 일은 대체로 반복적이며 끝이 보이지 않는다.

그래서 어려움을 극복하기 위해 일상을 여행이라고 상정해 본다. 이 어려움은 일시적인 거라고, 끝이 있다고, 끝에는 해피엔딩이라는 (신의) 의도가 있다고. 좋아지는 과정이라고, 마치 여행 같은 거라고 상상해 본다. 생각이 상황을 바꿔 주지는 않지만 최소한 사건을 대하는 태도는 바꿔 주니까.

여행 마지막 날 아침에 눈뜨면서 늘 하는 생각이 있다. 벌써 마지막 날이네. 왜 여행에는 끝이 있을까. 끝이 없으면 여행은 방랑이 되고 일상이 된다. 그러면 아름다움을 잃겠지, 여행도.

자의든 타의든, 국경을 넘든
시골에서 도시로 가든, 이주移住는
우리 시대의 본질적인 경험이다.

존 버거, 『풍경들』
(신해경 옮김, 열화당, 2019)

탈조선이라는 말이 한동안 인기였다. 탈조선. 나고 자란 곳을 타지로 만들어 버리겠다는 선언이다. 새로운 집을 갖겠다고, 새로운 고향을 만들겠다고. 나 역시 그런 꿈을 꾼 적이 있다. 경험이 쌓이면서 나는 이주하기에 보다 유리한 직업을 가졌어야 했다는 사실을 알았다. 2021년 기준으로 봤을 때 그런 직업으로 소프트웨어 엔지니어만 한 게 없는 듯하다. 어디에서든 비자와 관련해 가장 문제가 적고 비교적 쉽게 고액 연봉으로 현지 사회에 편입할 수 있는 직업. 그것은 한국인이면서 한국인이 아닐 수 있는 길로 이어지는 입장권처럼 보인다.

요 몇 년 간 자주 간 여행지로는 이민 간 친구들이 사는 도시가 있다. 어느 대륙, 어느 도시에서든 자기 몫의 삶을 근사하게 꾸려 간다. 멀리서 볼 땐 전문직 주인공이 나오는 드라마처럼 보이던 친구의 삶도, 가까이서 대화하면 한숨을 닮은 이야기가 된다. 나와 친구가 서로 질세라 한숨을 쉬다가 갑자기 웃음이 터진다. 나는 여행 중인 걸 잊고, 친구는 이민 간 걸 잊고. 장거리 여행은 모험소설에서 유난히 자주 등장하는 소재다. 타지에 뿌리를 내리고 살아가는 친구들을 보며, 내가 알아온 수없는 모험소설과 성장소설의 영웅을 닮았다고 생각한다.

사실 목적지는 문제가 아니었다。
진짜 욕망은 떠나는 것이었다。

095

알랭 드 보통,『여행의 기술』
(정영목 옮김, 청미래, 2011)

짐을 싸서 집을 나서면서부터 플레이리스트를 바꾼다. 평상시의 나는 노동요가 아닌 음악을 들을 여유가 없다. 일할 때는 아무 것도 듣지 못하고, 책을 읽을 때도 음악을 듣지 않은 지 오래다. 노동요는 보통 클래식 음악으로, 슈베르트보다 나중에 태어난 음악인의 곡은 거의 듣지 못한다.

여행을 가는 기분이 나지 않을 때 자주 트는 플레이리스트를 소개한다. 사실 여행 기분 내려고 평상시에도 자주 듣는 곡들이다. 귀라도 호강하라고.

Perfect fit playlist
마이 앤트 메리 「공항 가는 길」
이하이 「손잡아 줘요」
글래디스 나이트 앤드 더 핍스 「Midnight Train to Georgia」
플리트우드 맥 「You Make Loving Fun」
마크 콘 「Walking in Memphis」
일렉트릭 라이트 오케스트라 「Last Train to London」
델로니어스 몽크 「These Foolish Things」
리처드 보나 「Souwedi Na Wengue」
페퍼톤스 「몰라요」
스페셜 페이버릿 뮤직 「Baby Baby」
클라투 「Magentalane」
수지 「Holiday」
케이디 랭 「Summerfling」

구할 수 있는 한 가장 좋은
지도를 구하라。 그리고 무엇을
하든 나침반을 잊지 마라。

096

폴 서루, 『여행자의 책』
(이용현 옮김, 책읽는수요일, 2015)

동방박사는 현대 대도시에서 아기 예수가 있는 곳을 찾지 못할 가능성이 높다. 밤에 불을 밝힌 십자가가 너무 많고 하늘은 공해로 별을 잃었다. 지도와 나침반을 들고 낮에는 태양의 위치를, 밤에는 별의 움직임을 읽던 시대와는 많은 것이 달라졌다.

지도도 나침반도 목적지를 위한 것이다. 길을 잃지 않으려면 어디로 가려는지 알아야 한다. 내가 어디 있는지 파악한 뒤 가려는 곳까지 닿는 최적의 경로를 파악한다. 이제는 구글 지도(한국에서는 네이버나 다음 지도)가 이 작업을 대신해 주기 때문에 지도 보는 법을 파악할 필요도 없다. 큰길 우선, 골목길 검색 허용, 자동차 혹은 대중교통 이동 옵션도 기본이다. 하지만 언제나 목적지를 알아야 한다. 검색창에 무엇을 써 넣을지 알지 못하면 기술도 소용이 없다. 여행에서 원하는 바를 알지 못하면 돈도 시간도 그저 낭비될 뿐이다. 이는 장소에만 해당하는 이야기가 아니다. 여행은 장소만큼이나 내가 원하는 경험에 대한 설계가 중요하다. 나를 알아야 제대로 여행한다.

좋아하는 대상을 정교하게
좁혀나가는 데는 특별한 즐거움이
있다는 걸 알았다。

정세랑,『지구인만큼 지구를 사랑할 순 없어』
(위즈덤하우스, 2021)

097

얻고 난 뒤에야 찾아다닌 그것임을 알 때가 있다. 나도 몰랐던 내 취향의 물건, 사람, 장소 말이다. 이런 운 좋은 일이 드물게 있지만, 운 좋으면 뭐든 얻어걸리겠지 하는 자세는 좋지 않다고 믿는다.

예로 들면 비정기적으로 공개하는, 정원이 아름다운 교토의 절에 몇 번 간 적이 있는데, 공개 시기가 비정기적이기는 해도 주로 연말연시에 한 번쯤은 열어 준다는 걸 알고는 그 시기에는 그곳을 꼭 지나다녔다. 그러면 몇 번은 우연히 공개일과 맞아떨어진다. 알고 간 것은 아니었지만 확률을 높이려는 노력은 했다.

자신의 경험과 판단을 시험하고 신뢰하는 연습으로 여행은 쓸 만한 방법이다. 비슷한 것들 사이에서 '내 것'을 알아보는 눈이 점점 밝아진다. 계속 관심을 가지고 들여다보는 곳에서 새로운 해결책이 생겨난다. 좋아하는 대상을 정교하게 좁혀 나가면, 결국은 더 큰 세계로 가는 문이 열린다.

당신은 세계와 어떻게 거리를
유지하는가? 카르투시오
수도원에서건 또는 거대도시의
익명성 속에서건, 하나의
처방전이란 없다; 여행자 또한
제 주변에 독방 하나를 짓기도 한다.

098

세스 노터봄, 『유목민 호텔』
(금경숙 옮김, 뮤진트리, 2019)

내게 여행은 '혼자 떠난다'가 기본명제다. 세스 노터봄 식으로 말하자면 내 주변에 독방 짓기였으며, 일행과 함께하는 여행을 즐기게 된 건 삼십 대 후반이 되어서였다. 그 시기에 나는 많은 이들이 혼자서는 절대 여행하지 않는다는 사실을 알았다. 출장이 아니고는 '단 한 번도' 혼자 떠나 본 적이 없다는 말을 수없이 들었다. 십 대가 아닌 오십 대나 육십 대 여성도 가족과 함께하지 않는 여행에 허락(양해 혹은 통보라고 하는 이도 있다)을 구해야 하는 경우가 있었는데, 장기간 집을 떠나니 당연한 과정일 수도 있으나 가족들이 탐탁지 않아 하기 때문이기도 했다.

자식이 모두 출가한 여성분이 친구와 주말 국내 여행을 가겠다고 했더니 남편이 고생깨나 할 거라며 "가라, 가"라고 흔쾌히 허락하더란다. 여행은 몹시 재미있었고, 한 번은 두 번이 되고 세 번이 되었다. 그제야 남편이 그만 가라며 말리더라고. 여자끼리 혹은 여자 혼자서는 집 밖에서 아무것도 못하리라는 생각은 어디서 올까. 여자도 남자 없이 독방을 기꺼이 지을 수 있음을, 집이 아닌 공간에서 자유로울 수 있음을 왜 자연스럽게 떠올리지 못할까. 해 본 적이 없다면 해 보면 된다. 처음 한 번이 어렵지 그다음은 수월하다. 자녀에게 자연스럽게 건네는 격려의 말을 세상의 어머니들이 자신을 위한 응원으로도 받아들일 수 있으면 좋겠다.

방통대에 들어가셔서 공부도
하시고、같이 여행도 다녀요。
선생님、우리 아직 많이 남았어요。
그만 살고 싶어도 계속 살아야
한단 말이에요。

윤이형,『붕대 감기』
(작가정신, 2020)

사람들은 흔히 누군가를 격려하기 위해 "같이 여행 가자"고 말한다. 하지만 말하는 사람도 듣는 사람도 실제로 여행을 갈 확률이 몹시 낮다는 걸 모르지 않는다. 이때 여행이라는 단어에는 어떤 이상향 같은 비장함마저 어린다. 주저앉지 말라고, 더 살아 보자고 하는 대신 "우리 같이 여행 가요"라고 하는 것이다.

언젠가. 나중에. 그러니까 일단 지금을 살아 내라는 응원.

아득하고 먼 기도문과 같은 여행이라는 단어.

결국 이루어지지 않은 "같이 여행 가자"를 마음속에 품고 사는 사람은 여행지에서 떠나보낸 사람의 그림자와 동행한다.

내가 쓰는 모든 문장들이
한 줄로 멀리까지 이어지면서
글이 곧 길이고 독서가 곧
여행임을 보여줄 수 있으면
좋겠다는 생각이 들 때가 있다.

100

리베카 솔닛, 『걷기의 인문학』
(김정아 옮김, 반비, 2017)

리베카 솔닛은 계산을 해 본 적이 있다. 자신이 쓴, 글이 빽빽한 책 한 권을 한 줄로 '실타래처럼' 풀어 보면 길이가 6킬로미터가 넘는다고 한다. 이 문장을 읽으며 나는 약간 구원받은 기분이 들었다. 책을 쓰는 일이 공해가 아니라 미궁에 들어가는 테세우스에게 쥐여 주는 아리아드네의 실타래와 같다면. 글이 길이라면. 테세우스가 아리아드네를 마음껏 이용한 뒤 떠나 버렸다는 점을 감안하면 실타래가 필요한 쪽은 아리아드네였을 것이다. 그런 생각을 하면서도 나는 회사 계정으로 이메일 주소를 만들 때 'ariadne'를 썼다. 지금은 'apple'을 쓰는데, 오로지 '누구나 알법한 영어 단어'라는 이유로 골랐다는 점을 생각하면(다른 계정은 내 이름의 영문 철자를 그대로 쓴다) 이십 대에 만든 거의 모든 아이디는 자의식 과잉의 산물이다. 나는 아리아드네 이야기를 무척 좋아했고, 전화로 아이디를 들은 사람마다 "에이드리언인가요?"라고 묻는 통에 "아리아드네입니다"라고 답하는 수고를 몇 년간 반복해야 했다.

런던 내셔널갤러리에는 티치아노가 그린 거대한 그림 「바쿠스와 아리아드네」가 걸려 있다. 작게 그려진 배에는 테세우스가 타고 있을 것이다. 하늘의 빛나는 별자리는 아리아드네가 죽은 뒤의 모습이다. 멀리까지 한 줄로 이어진 문장들은 내 안에서 런던으로 갔다 고대 그리스로 갔다 한다. 이야기 속 아리아드네의 실타래가 나에게 도달하고, 내 안에서 다시 실타래가 되어 런던으로 이어진 셈이다. 내가 쓰는 글 역시 그렇게 길이 될 수 있을까. 당신에게 닿은 문장이 더 멀리까지 길이 되어 이어질 수 있을까. 오늘도 성실히 노력하고 있습니다.

여행의 말들
: 일상을 다시 발명하는 법

2021년 7월 14일 초판 1쇄 발행
2023년 2월 14일 초판 4쇄 발행

지은이
이다혜

펴낸이
조성웅

펴낸곳
도서출판 유유

등록
제406-2010-000032호 (2010년 4월 2일)

주소
서울시 마포구 동교로15길 30, 3층 (우편번호 04003)

전화
02-3144-6869

팩스
0303-3444-4645

홈페이지
uupress.co.kr

전자우편
uupress@gmail.com

페이스북
facebook.com
/uupress

트위터
twitter.com
/uu_press

인스타그램
instagram.com
/uupress

편집
인수, 류현영

디자인
이기준

마케팅
황효선

제작
제이오

인쇄
(주)민언프린텍

제책
국일문화사

물류
책과일터

ISBN 979-11-6770-001-8 03810